回放

叶三 著

漓江出版社
- 桂林 -

自序

　　像是在水底，又尚未触底。这几年的生活。周遭是寂静、浑浊而浓稠的孤独，光费力地照下来，被稀释到身边，已不能笼罩万物。

　　时间失去了意义，因为每一天都一样。

　　大概，我想，大概是从三年前的那个春节开始，疫情忽然暴发，使我的一次短期旅行变成了无限期的滞留，直到今日。毫无准备地，我的生活被血淋淋地斩断了，待我自手忙脚乱的应对中回过神来，才感到委屈。

　　而我又有什么资格呢，比起更多不幸的人们，我已经是非常、非常幸运。

　　在陌生的地方，我看着身边的人们安居乐业，看着季节更替，潮涨潮落，可一

切与我无关。我很少拉开窗帘，我长时间
与我的愤懑独处，这是感激，也是抗议。
阅读、观影观剧和写作成为了我生活的主
要内容。以这样形而上又徒劳的方式，我
努力地去接近我思念的人们和土地，去怀
恋我曾经拥有过的生活。

　　于是，有了这本书，《回放》。它是
一本松散的笔记，其中较长的篇幅，是为《人
物》撰写的专栏，多是观剧感想。短一些的，
则是几年前的观影专栏，它们较为轻快，因
为那时候，我也较为轻快。将它们放在一起
结集出版，不仅是这几年间我私人文艺生活
的一个总结，更是某种状态的记录。以后，
我大概不会再以这样的形式进行书写。

　　感谢漓江出版社的所有朋友。感谢你
们的耐心和付出。

　　感谢我的朋友，也是《人物》专栏的
编辑张莹莹，没有你，就不会有这本书，
我也会饿死他乡。

　　感谢封面画作者阿骀，我们从未见面，
但你比我更懂得我想要的是一个什么样的
封面。

　　感谢这几年间给我云陪伴的所有老朋友。

　　感谢这本书的策划，我的朋友彭毅文。

她也是我第一本书《九万字》的责编，她像是我的日晷，提醒我时光飞逝，倏忽十几年。给《九万字》的序言中，我写到了卡夫卡，写到了对写作的野心以及许多我现在已记不起来的思绪。而今看来，当时的我是多么年轻而矫情。这不是否定，而是，那些我曾经认为十分重要的东西已经过于遥远，它们依然重要，但已不是最重要。最重要的是，我还在写，还在思索，并能鼓起勇气将它们固化为一本书，呈现于自己和世界面前。

我们被剥夺的将永远不再，哪怕失而复得，得到的也并非从前。这是我从这几年的生活中学到的。所以，感谢你，我的读者。如果这些记述和杂感能给你哪怕一点点启发，一点点慰藉，都会让我非常满足。让我们继续生活下去，无论这有多么艰难。让我们继续读，写，思索，抓住生活中那些值得抓住的东西，直到字里行间，再次相见。

花火与油盐

中国人的史与诗

花火与油盐

沉浸至虚拟或真实的岁月

那不停不停流逝的光影之末

尚留给我花火与油盐

一个男人亡羊补牢的成长

1

这个夏天即将彻底完结之时，《菊次郎的夏天》来了。《菊次郎的夏天》被誉为北野武最治愈、最温情的电影，北野武自己也说"它是一部满怀柔情的作品，表现在小男孩和坏坯子间的默契上"。影片剧情非常简单，暑假中，从小没见过妈妈的小男孩正男由邻居大叔菊次郎陪伴着走上寻母之路，一路上遇到了各种各样的人和事。

菊次郎这个中年男子形象，落魄、乖戾、内向；一出场，便是某种结果般的存在。影片伊始，菊次郎和妻子站在路边看着放学的孩子们闲聊，从对话中我们得知，菊次郎是被母亲抛弃的，而他的妻子"妈妈也嫁了三次"，却是极强势，几乎代母一般的形象，与其形成鲜明的对照。妻子指着菊次郎告诫路边的小混混，再胡混将来就是他这样，他则竖起"V"字手势向其致意。一个没什么自尊心的混蛋跃然屏幕之上。

在旅行的前半段，菊次郎的"混蛋"表露无遗。甫上路他便带着正男去赌博，去夜总会，花光了旅费，一路以一种难以理解的鲁莽打架骂人。我们甚至要怀疑，这样的一个人，真能把正男送到母亲面前吗？

转折性的情节发生在菊次郎和正男被一对情侣放在公交车站后。雨夜，菊次郎看到了正男母亲的照片，在小男孩枕着他的腿睡着之后，他默默地告诉自己，"所以，他和我一样啊"——这是整部电影中菊次郎唯一一次心理活动表达。"小男孩和坏坯子间的默契"在这个时候建立起来，他们同是被母亲抛弃的孩子。

在影片的叙事时间中，十分钟后，正男的母亲就出现了。那也是全片情感最浓郁的段落之一，正男看着有了新家的妈妈，站在公路上哭泣，菊次郎编了个谎安慰正男，又抢来一个天使风铃假装妈妈留下的礼物送给他。这个段落的电影语言，几乎全部由固定长镜头及中远景别构成，镜头极为克制地凝视着一个手足无措的老混蛋和一个伤心的孩子。

《菊次郎的夏天》全长两小时，在影片中段，即一小时左右，这段情节便已经出现，正男亲眼见证了自己的被抛弃。可实际上，整部影片的铺垫才刚刚完成，之后的内容则是在全力消解这"被抛弃"。菊次郎是在对抗妻子的诅咒，避免正男将来成为现在的自己，抑或只是想给正男一个尽情玩耍的暑假，影片不做任何深入的、可供心理分析的交代，仅以"天使风铃""叔叔陪我玩"等几个色彩夸张、充满卡通效果的段落来向前推进叙述。到"叔叔跌倒了"，正男为挨了揍的菊次郎擦拭血迹，一大一小两个"被抛弃者"笨拙地互相抚慰，影片的情感再次达到顶峰，同样是笑中带泪。菊次郎这个混蛋的形象愈加丰满，也越来越令人同情。

　　寻母主题以菊次郎去探望自己在敬老院的母亲作为完结。这又是一个情节安排与镜头语言表现都非常克制的段落，菊次郎面对抛弃过自己的妈妈，只是远远地一望。电影镜头与菊次郎的目光一起，隔着玻璃窗，轻轻地抚摸母亲的脸。

　　影片结尾时，正男询问大叔的名字，大叔回答："菊次郎！妈的，滚吧！"大多数观众听到这一句，都会哑然失笑，而后回味才发现，这部电影与其说是正男，不如说是菊次郎的寻母过程。正因如此，电影的名字是"菊次郎的夏天"，而非"正男的夏天"。

　　这是我记忆中《菊次郎的夏天》。

2

在电影史上，成年男子与小孩子作为双主角搭配的作品很多，《完美世界》《蝴蝶》《天堂电影院》《杀手里昂》……通常，这样的电影都会以两个主角分别完成了某种成长作为结局，从这个意义上来说，《菊次郎的夏天》无疑可被归为这一类。"片中这两个主角都缺乏母爱，而且都还在为此难过……这样的他们，要如何尊重他人呢？"北野武这样写（《北野武自述：无聊的人生，我死也不要》）。

然而此次重看《菊次郎的夏天》时，我想到《少年派的奇幻漂流》。如果说《少年派》讲的是"一个经历苦难的少年用一个幻想出来的童话故事慰藉自己的心灵以逃避痛苦的故事"，那么《菊次郎的夏天》也可以被视为一个曾被抛弃的男人在幻想中寻找母亲、治疗自己的故事。

《菊次郎的夏天》以小男孩正男的八篇日记作为段落分割，镜头语言活泼清新，加之久石让灵气四溢的配乐，使得它充满了童真色彩。影片中，北野武标志性的暴力场面几乎全部留白，仅有一场与货车司机打斗的戏是正面表现，由货车遮挡，并用远景镜头完成。特别是，随着故事的推进，影片中出现的所有成年人越来越友好，越来越天真，最后出现的摩托党和吟游诗人几与孩童无异，在最后两个段落，成年人和孩子煞有介事地玩成一团。

过于美好，过于童真。与上述所有其他影片不同，《菊次郎的夏天》始终在用电影语言间离观众，提醒观众，这是一个小男孩的记述，而非现实。

影片中，真正以孩童的主观视角拍摄的段落只有四个，就是正男的梦。第一个梦是女人夸张变形的脸和赌场中钟的叠印，这个梦是去夜总会逍遥的后果；第二个梦发生在正男被变态老头骚扰之后，梦境中变态老头与菊次郎文身结合的怪人对正男张牙舞爪，又去骚扰正男的妈妈，而正男的妈妈神情冷漠。这个梦表现了正男对菊次郎的不信任和对妈妈的担忧；第三个梦，正男坐在椅子上等待菊次郎，遇到两个社会青年吓唬他，梦中两个小青年化身恶魔从天而降，开始跳舞。这是一个恐惧的梦，也表现了正男对菊次郎的关心；最后一个梦中，正男和白天一起玩耍的几个大人继续玩着游戏，背景则是星空。这是唯一一个完整且愉快的梦。

梦境持续打断影片顺滑、轻快的叙述。隐含着性和暴力的暗示，梦境将现实世界推到眼前。

十几年前第一次看《菊次郎的夏天》，我最喜欢的段落便是一群大人陪着小男孩玩游戏。如今再看，我不再认为它是一部童话电影，美好的成人乐园不可能是真的，只能在想象中发生。

每个男人都是孩童和成年人的合体，而男人的孩童性和堕落通常互为因果。电影是造梦，菊次郎在梦中造梦。在我的更新解读中，菊次郎在去敬老院的途中虚构出了自己的童年分身，他带着童年的自己去寻找母亲，途中发生的一切都是他的想象。影片的开头，菊次郎和正男从各自的女性监护人（妻子与祖母）身边逃出来；而结尾，菊次郎报出自己的名字后与正男在街头道别，正男跑回家去，菊次郎又将去向何方？《菊次郎的夏天》并没有给我们一个回归原有秩序的、合家欢式的交代。影片的最后一个镜头是桥下的河水，逝者如斯夫滔滔不绝。

将童年交还记忆，菊次郎消失在人海，暑假结束了。

虚虚实实，真真假假，是创作者的自得之场，他们在其间游弋，构建自己繁复或单纯的表达，隐藏或流露自己最脆弱的心事；而好作品的特征之一，便是提供无穷无尽的解读角度。在这个孤独的解读中，菊次郎从一个无望的、自暴自弃的幼态被抛弃者出发，抵达了有所选择、有所作为的父辈形象，与母亲和解，抚慰了童年，从而完成了对自己的救赎——一个男人推迟了很久，但亡羊补牢的成长。

3

与北野武的其他作品一样，《菊次郎的夏天》中也有海。见过母亲之后，大叔牵着小男孩的手走在海边，小男孩摇响了风铃。这来自北野武记忆中唯一一次与父亲出游，童年的海。除此之外，跌倒在水沟中，学游泳，甚至充作点睛之笔的那只天使风铃……在北野武关于父亲的记忆中，这些细节全部有迹可循。他记忆中的父亲笨拙、滑稽，不会表达感情，喝醉后不乏愚蠢搞笑的画面："从全家人鸦雀无声到放声大笑之间，有如世界停止的气氛，那种感觉，无疑是我搞笑的原点。"然而在拍摄《菊次郎的夏天》的这一年，"他笑着看我的表情……不知怎的，时时浮现脑海"。

在《北野武自述：无聊的人生，我死也不要》中，北野武写道："1979年某一天，电话响起。我父亲在医院过世了。直到很久以后，我才理解我们错过了什么。"父亲去世20年后，北野武拍摄了《菊次郎的夏天》。"我不会假装这部电影的情节跟我的童年没有关联。正好相反，我觉得这部电影是在向我父亲致意。"以化用及转译的方式，北野武在这部电影里与他称之为"悲剧英雄"的男主角菊次郎，也就是他的父亲，遥远地挥手。

北野武的身世不乏奇特之处。北野是母姓，他的母亲再婚招赘其父菊次郎进门，共育有四名子女。据北野武自己叙述，那是个完全女权至上的家庭。母亲以贵族后裔自诩，性格强硬，气势庞大，作为油漆工的父亲则一生窝囊，以酗酒和酒后家暴妻子为发泄。

北野武的母亲，在《菊次郎的夏天》中，则化身为正男勤劳和蔼的祖母、菊次郎凶悍的妻子、小情侣中那个占主导地位的女孩，以及无情抛弃了孩子的妈妈……这些女性形象既代表着秩序和安全，也代表着控制与创伤。

北野武说，他的一生，是与母亲抗争的一生。

大学二年级退学，北野武执意搬出家住。欠租半年后，房东告诉他，是他母亲在背地里替他交房租，感动和羞惭之余，北野武的反应是"又输了一仗"。作搞笑艺人逐渐走红，母亲开始向他讨要零花钱，他暗地欣喜，认为自己终于要赢了，结果母亲去世前将钱全部还给他，他想的是"这场最后的较量，我明明该有九成九的胜算，却在最终回合翻盘"。

"即使这个时候，还是只能想出乏味句子的我，果然如母亲所说，不论什么时候，就是没个正经。啊，我果然继承了菊次郎的血脉，一种似喜似悲、难以言喻的心情涌起，我赶紧打开一罐新的啤酒。"这便是北野武独有的语言，他记述身世的《菊次郎与佐纪》一书中充满了如此这般的戏谑。

母亲去世的时候，北野武说，他打算"让大家见识我把母亲的死搞成一个节目的本事"。他对葬礼的记述是这样的："棺材盖卸下一半——'各位，请看遗容最后一眼。'但因为堆满了花，完全看不见母亲的脸……隔一会儿，葬礼公司的人跑来说：'真抱歉，方向反了，这边是脚。'""火葬场的气氛实在不适合搞笑。即便是我也不敢说：'帮我烤个三分熟！'"

一心搞笑的北野武，最终在记者会上痛哭流涕，"我知道娱乐记者就想让我哭……鼻头一酸，来不及了，眼泪一涌而出，再也止不住。完全被娱乐记者设计了，真丢脸。"

这便是北野武，真诚到全裸的地步，在玩世不恭背后，又有一种非常敏感的感性。

吴念真这样转述日本记者对北野武的评价：他……"成了许多女人都想把他抱在怀里，好好疼惜的伤痕累累的大孩子"。"不管到什么时候，我都还是个孩子"，北野武也这样写，"可是，母亲死了，我也不能永远恋母。我想稍微放开手。"母亲死于 1999 年，同一年，北野武拍了寻找母亲的《菊次郎的夏天》。

而今自称"孩子"总让人头疼，因为孩子意味着拒绝成熟、任性、自我关注和缺乏责任感，自称孩子的人，将这些特质解释为天真。这是误解。孩子的天真是赤诚的、充满自傲的，这跟年龄没什么关系。就像《菊次郎与佐纪》中关于父亲的篇幅最后，北野武画蛇添足地写"本故事纯属虚构，一切与实际人物无关"，那稚拙和粗暴使人泪下。

真情流露总是带着羞怯，授与受都让人不忍直视。一个孩子不会深情款款地告诉你"我想你"，他只会恶狠狠地威胁你："不陪我玩，我打你。"《菊次郎的夏天》感动我们的就是这种"明天也要一起玩啊"的执拗和真挚。一个暑假，一群无足轻重的小人物，一个失去母亲的孩子，痛痛快快地玩了一场。如何去解读它并不重要，正男和菊次郎是否同一个人并不重要，一个老男人的幻想或其他并不重要，哪怕小男孩不可避免地将成为一个混蛋，至少我们有过一个快乐的夏天。

《菊次郎的夏天》关于童年的思虑与痛楚，也关于成长，在我看来，这是一个真正具有赤子之心的创作者"向他相信的人性献上敬意"（《北野武自述：无聊的人生，我死也不要》）。

北野武是菊次郎，也是正男。他是孩子也是混蛋，以毫不矫饰的真实，他在他的创作之中和世界做着游戏。无论何时何地，他都敢出其不意，以一种近乎无耻的态度调侃自己，也调侃世人眼中绝不容许冒犯的事物。万物如我混不吝，是摈弃矫情和自我咀嚼的要义，如北野武本人对《菊次郎的夏天》的点评："当我们接受现实，并且给予它最低限度的关注时，现实就具有神奇的一面。"私人的经验与苦恼并不特别有价值，除非它能让大家笑。我猜北野武是以这种敬业精神去生活的，一个终身制的搞笑艺人。你永远不知道他的搞笑和严肃哪个是认真的——或许都是。人生的沉重并不会因此而消弭，也许它只是变了形式，譬如，一个小男孩的日记本。它不再压在你的心上，而是在夏风中翻动纸页，沙沙作响。

很久以前在西部

在 1992 年的西部片《不可饶恕》里，摩根·弗里曼问伊斯特伍德："你多久去逛一次窑子？" "我不逛窑子。"——"那你只用手？"这段闲聊进行时，两位中年古惑仔正骑马游荡在荒野中，追杀酒后毒打妓女的牛仔。但这可不是什么行侠仗义，年轻时伊斯特伍德是个杀人不眨眼的暴徒，臭名昭著，除了给妓女毁容，什么坏事都干过。现在他兜里装着妓女们凑起来的赏金，干这事儿百分之八九十是为钱，百分之一二十为重温一下快意恩仇的英雄梦。

伊斯特伍德自导自演的这部《不可饶恕》被称为"最后的西部片"，正是因为它用一种阴郁的态度颠覆了西部片的传统伦理。在这以前，没人见过西部片里的英雄公开谈论性，英雄也不会威胁坏蛋"以后不许欺负妓女，不然杀你全家"。而灭了坏蛋之后，伊斯特伍德就不当英雄了，他揣上赏金去了旧金山做买卖。这让我想起八九十年代的中国电视剧，每当男女主角没法安排时，导演和编剧就打发他们去神秘的南方闯荡。

张爱玲说她听戏听到"武将上马安天下，文官执笔定乾坤"，感动得要哭，大概跟我酷爱早期的西部片出自同一种心理。在壮丽的天地之间，那些电影里的人特别显小；影片里的逻辑也特别天真，黑是黑，白是白，马背上的牛仔个个能拍万宝路广告，女人都丰乳肥臀爱生养，狗特别忠心，坏蛋特别坏。乒乓乱打一阵之后，正义战胜邪恶，清明的秩序被建立起来，英雄一把搂过美人的纤腰，而后者立刻就怀孕。

这些电影让我深深地意识到，美国人的自信才是能带领人类种群进步的自信，他们丝毫不在意传统历史的包袱（因为没有），随时能够轻装上阵。烫衬衣太麻烦就穿 T 恤，下午茶不会做就啃汉堡。几乎所有的早期西部片都有着无邪的进取心，哪怕莱昂内这意大利坏人从中捣乱，时不时吹响嘲讽的口哨。

对于中国乃至亚洲电影而言，在类型上与西部片对应的应该是武侠片。但在武侠片中，从没有人建立任何新东西。武侠片里的英雄最爱干的是拨乱反正，他们的责任是把秩序扯回到固有的位置上去。美国西部片最钟爱的导演黑泽明就是这样深思熟虑，在他的电影中，一个真正的武士是只可以用刀，不能用枪的——事关尊严。看完《七武士》和美国人翻拍的《豪勇七蛟龙》（*The Magnificent Seven*），我常常想象这样一个画面：三船敏郎穿上鞋，站起身，系好腰带，整理衣襟，郑重行礼，右手轻轻扶住剑鞘，双眼静静地望着敌人。此时秋风乍起，一片落叶贴上他的肩头。然后约翰·韦恩掏出枪来，"砰"一声把他毙了。

伊斯特伍德自己写了《不可饶恕》的主题音乐，并把它献给莱昂内。在后者执导的《荒野大镖客》（1964）中，当时还跑龙套的伊斯特伍德杀得风生水起，并从此成为了最有名的牛仔。而当西部片无可避免地趋于成熟，和其他类型片一样走上人性的覆辙，伊斯特伍德也慢慢成长为一名真正的"苦闷的象征"。在《不可饶恕》中，他只笑了三次。在那之后，他永远地脱下了牛仔裤。

到了 20 世纪，早期西部片中那直来直去的单纯早已无处可寻，武侠片则是愈发装神弄鬼。汤姆·克鲁斯拿起了武士刀（《最后的武士》，2003）。李连杰开始为"天下"而战（《英雄》，2002），只有出牌从来不看牌面的科恩兄弟翻拍了狠叨叨的《大地惊雷》（2010）。2012 年年成略好，《被解救的姜戈》结尾，黑人英雄爬上马背，在抱得美人归之前表演了一段盛装舞步。这一笔给这部当代通心粉西部片点了睛——那优雅是意大利式的，又带着昆汀独有的轻贱。而《一代宗师》上映后好评如潮，却也有科学青年质疑："都民国了还几双肉掌推来推去，为什么不掏枪？"

呜呼，若黑泽明泉下有知⋯⋯

几年前，我坐在一大堆青年中看一部西部片，忘了主演是不是伊斯特伍德。片尾，男主角挥别美女，严肃地嘱咐他舍命救回的小男孩："Grow strong, grow straight." 很久以前在西部，straight 还不是 gay 的反义词，它的意思是"正直"。但没人在乎这个。看着男主角在夕阳中骑马远去，我们哄堂大笑。

青春小鸟哪里来

在我还非常、非常年轻的时候，看北野武《坏孩子的天空》，看到小马和新志蹬着自行车在大街上，惶惶然不知从哪里来，更不知到哪里去，霾一样的灰色的汗包着柔软年轻的腰身，自行车吱嘎吱嘎地响。那声音画面让我一下慌了，恍惚间青春期的种种心绪一下兜头撞了上来。

拍青春，再也没有比这更贴切的。那时我不明白为什么我没法喜欢甜软滑腻——甚至在回忆青春的时候。

当年加班看《那些年我们一起追过的女孩》，老师让沈佳宜打小报告，伊含泪娇嗔道："不要！"我登时大笑，给台湾腔注解："亚卖呆。"被同事们批评为心理阴暗——"看个青春偶像剧都能看成毛片"。

其实并非心理阴暗，只是远远没有满足。不再年轻的一个标志是刻薄。曾有四十多岁的老牌编剧一言戳破《阳光灿烂的日子》的本质——"小伙子追大姐"。让我怅惘许久。那是我最喜爱的中国青春电影。当马小军被水面上的大脚丫一次次踹回水里，当烧荒草的味道直冲到屏幕之外，我竟然被一种未曾经历过的集体记忆擒获了，我感动万分。

可是在纵观姜文之后，我发现，那其实不是青春，只是非常像。贯穿始终的是荷尔蒙，那是姜文独有的体味。他在自己的回忆中狡黠地篡改着，这也就是为什么虽然他本人只出现了一个镜头，却执意要找一个酷似他的少年来主演。他是以一颗成熟到烂的心在缅怀，虽然缅怀得非常暴烈。

——这可能是我不明白老炮们恶评《小时代》的原因。郭敬明所做的，跟姜文捏着大雪茄坐在凯迪拉克后座呼唤"葛卢姆"有什么本质区别吗？也许只有维度上的不同：姜文一边造着青春梦，一边告诫观众别相信（用不断跳脱出剧情的画外音），一边调侃着自己（影片的结尾，他让傻子回答他："傻×！"）。而心思简单的郭敬明只是一味造梦。

直到《致我们终将逝去的青春》，我才明白我为什么无法喜欢甜软滑腻。因为青春从来就没有甜软滑腻过，但电影非说它是。在女导演安排大卡车撞死女二号之前，我对身边的朋友说："女二要死了，可能是车祸。"而之所以仓促弄死集一切美德于一身的女二，纯粹是因为影片的叙述不允许她活下去——这不利于导演之后进行的全面清算：陈年债必偿，青春冤必报，直到每个人把每个人都弄得很不舒服。活活印证了编剧李樯为主题歌填的那句拧巴的词："良辰美景奈何天，为谁辛苦为谁甜。"

在范·桑特的电影《大象》里，两个男孩放学后在家里弹钢琴，《致爱丽丝》。弹了一会儿觉得人生无聊，拿起两把枪，到学校杀人去了。《大象》如还愿一般诠释了"我们年轻，我们相爱，我们四处杀人"。当然，这是个很坏的青春电影例子，它改编自美国校园枪击案，暴力、凶残，而且政治不正确。导演以一种极端的客观态度清清楚楚把事情拍了一遍，用贝多芬配乐。它干巴巴地说，事儿就是这样。但就是这种不管不顾不计后果不正确才是青春。如王安忆在小说里写："拿一生换一时也干。"

不是过去进行时，也不是过去完成时，而是将来完成时——还是华丽的虚拟语态。这是中国青春电影的语境，也是它们无法取悦我的原因。说到青春，几乎所有的故事在倒叙，从回忆出发来到当下，以深思熟虑的口吻向观众解释自己：《阳光灿烂的日子》解释"我们为什么俗"；《致青春》解释"我们为什么拧巴"；《小时代》解释"我们为什么要有钱"。

杨德昌说，年轻是一种品质，一旦拥有就不会失去。在《牯岭街少年杀人事件》中，十几岁的小四七刀捅死了十几岁的小明——并不是说青春电影中一定要死人才能打动我。实际上，青春是一种反逻辑的逻辑。那种无可名状的不悦，充满无用功的焦虑，对身体和意识、对当下和未来的疑惑，并没有任何甜软滑腻。它是一把刀刃迟钝手柄锋利的凶器，什么也不解释。它最大的危险和动人在于真实。

其实也不能全怪导演。如果本来就没有什么像样的青春可言，也只好在虚构中忸怩作态：快快把这段日子凑合过去，然后我们就可以以它为名进行怀念了。《致青春》说"青春就是用来怀念的"。话说回来，观众与作品互相教育，如果打定了主意青春只是用来被怀念的，那它也只可能被过成电影中那个德性——对着空鸟笼怀念、解释、意淫或其他种种，而青春小鸟一去不回来。

如果终生不可拥抱

春末夏初。"帘儿底下听人笑语"的春末夏初。让我们聊一聊爱情。

老年的川端康成曾说："我今年六十岁，情人很多。但关于爱情，我还没有握过它的手。"这句极富日式美感的隽语用来诠释电影《她》，倒是恰如其分。

在这部从头到尾讨论爱情的电影中，女主角的肉体始终缺席。她是一个操作系统，为男主角量身定做，善解人意、博学、幽默、大方，因为不存在肉身，也就摈除了女性肉身的一切唯物主义缺点。譬如说，你不必承受她每月周期来袭时的情绪变化，更不必为她购买高仿驴包。相反，作为一个操作系统，她会为你处理一切琐事，并且精力充沛，随叫随到——简直是所有男人的理想情人。

我最喜欢这部影片的地方，就是当思佳丽性感沙哑的嗓音撒娇说："可是我没有身体，我……"那种口气就好像，"我鼻子上长了个疖子"或者"我有个傻×的前男友"。肉身的缺失只是一个无伤大雅的小缺陷。它提醒着我，不要忘记这是一部科幻电影。以未来为幌子，它轻轻地跨越了精神与肉体的对立，还跨越了伦理。而以这种狡黠的方式去讨论爱情，终极问题便由"肉体到底有多重要"，变成了"如果不依存于伦理意义上的肉体，爱情能否真实存在"。

但丁一生中见过比亚翠丝三次，却为她写出了《神曲》。文艺青年的意淫惊心动魄，但归根到底还是始于肉体。而在《她》中，肉体根本意义上的不存在让想象放大到极致，在适当的铺垫下，男女主角的语音床戏被处理得自然而然令人信服，女主角征用人类肉体与男主角做爱的试探却以失败告终。这让人恐惧也有点向往，人机恋爱如果切实可行，是否比人类之间的爱情与性更加安全？

2014 年的春夏之交，与 Siri 聊天和调戏 10086 已经是网络旧闻。据说 Siri 对"她"颇有微词。"我不会跟虚拟人物聊那么多，"她说，"她给人工智能带来了坏名声。"这回答已经很像一个处在暧昧期的傲娇姑娘了。又听说××地图特地购买了林志玲的娃娃音——我满怀恶意地等着第一个爱上 GPS 的男人出现。

话说回来，作为一个旅行中才肯使用 Kindle 的人，我是连异地恋都不愿尝试的。所以尽管《她》将男主角设定为一名闷骚细腻、外表平平的作家（文艺青年啊文艺青年），也不可否认正是因为有着无数的情人，川端康成才能够说出那句隽语——人类的要求再繁复，终究还是要归于肉体。情谊千钧难敌胸前六两，三万条语音比不上一个拥抱。"知乎"告诉我们，女朋友感冒时最佳回复短信既不是"多喝水"也不是"我爱你"，而是"开门"。

因为他和她彼此接受和欣赏"他们原来的、本质的样子"，他们相爱。但也是因为"他们原来的、本质的样子"，他们最终分离。《她》将这个故事结束于此，与所有美丽的爱情故事一样。作为理想情人的操作系统在与男主角相爱的同时，也与数以百计的其他人或操作系统相爱。这正是"她"的本质——因为肉体缺席，"她"轻易地抵达了人类精神的终端，而多线程的精神恋爱挑破了人类的底线——这是在肉体参与时不可能发生的事情。还是不要跟三纲五常斗了。

所以，关于爱情能否脱离肉体而存在这个终极问题，我的答案是"可以"，但它必然不了了之。"凯撒的归凯撒，上帝的归上帝"。让操作系统与操作系统相爱，让人类与人类厮打，是我在科幻电影之外乐于看到的未来。"同心而离居，忧伤以终老"，在四处遍布免费 Wi-Fi 的今天，只能说明一个问题：爱得不够。

当男主角跟着女主角的歌声在人群中翩翩起舞，我想起一句诗："现在跟我聊一聊上帝，我会明白你的意思。"无疑，精神高度契合正在呼唤肉体参与的那一瞬间，是爱情最为瑰丽的一刻。我看到男主角逆着人流欢快地奔跑。他和"她"的故事让取景框中的上海熟悉又陌生，仿佛浑身涂满浪漫的膏药。爱情的手轻轻伸出，如一个温柔的试探，一切即将发生，哪怕终生不可拥抱。或许就是这一瞬间真正揭示了爱情的本质。它让我们心怀不忍，默默地转过头去。

贝蒂必须存在

当佐格一手揽住贝蒂，一手托着插满蜡烛的生日蛋糕，两人在荒芜的山坡上深深拥吻，我多么希望他们能吃到那块蛋糕啊。但它终于跌落在地。

那是他们的爱情最迷醉的时分，远处雾气一样的晚霞，锃亮的还未被腐蚀的车，野草的低语和拂过身体的空气，这一切的一切都属于他们。

还有他们彼此。佐格和贝蒂是电影史上最纯正的天生一对。他们不是罗密欧与朱丽叶，而是亚当和夏娃，整个世界尚未有蛇。贝蒂出现在佐格的生活中像雨落在大地上，之后野蛮生长。在烧掉了海边的木屋开始流浪时，他们第一次对彼此示爱，如大风过岗般自然而然、理直气壮。

　　贝蒂唤起，或者说，逼活了，作为写作者的佐格。这是他们爱的前提，我爱你，爱那个与我联结的真正的你，接受并感激那个呈现在我面前的全部的你。佐格到底写了什么，写得如何，并不重要，重要的是贝蒂相信他是天才，而他终于重新开始写作。佐格的书便是希区柯克的麦格芬。爱与创作，这人生的真谛，将失败者们从微不足道的淤泥中打捞出来，成为不朽。前者是贝蒂，后者是佐格，两者最终合二为一。在佐格和贝蒂的关系中，"分离"这两个字完全不曾出现，从未构成过一个选项。没有什么能将他们分开，无论是现实，还是逐渐壮大最终吞噬了贝蒂的疯狂。

　　甚至死亡。虽然非常相似，但与《飞越疯人院》和后来的《爱》（Amour）不同，《巴黎野玫瑰》中佐格最终杀死贝蒂，不是献祭也不是解脱，而是借由死彻底否定了无意义的生。这是辉煌的蜕变，是私密婚礼。这标志着他们不再需要世俗存在（贝蒂光芒四射的肉体）而共生，他们已然成为一体。

　　《巴黎野玫瑰》一贯被当作情色片，译名也无来由地香艳。其实原著小说名为《早晨 37 度 2》（37º2 le matin），一说是女子受孕时的体温，一说是恋爱中的低烧。作为垮掉一代的法国传人，原著作者菲利普·迪昂本人浪荡终生，干过各种底层零工，比如售货员、码头工，还有高速公路收费员——孤独到极致。他说这小说写的是"女人和男人"。他不喜欢改编电影。电影导演让-雅克·贝奈克斯则是新浪潮的遗毒，信奉存在主义和蔑视主流社会体系那种。但是管他们呢。对我而言这电影是歌而非歌者，它极为意象化和理想主义，它是夏夜河面上的一块浮冰。它不会让你相信它，但你很想信。

我声称"每年一重温"的电影不少，但那只是个表达。真正每年都重温的好像就只有《巴黎野玫瑰》这一部。今年再看，第一场第一个镜头，当摄影机掀开帘幕，恋恋凝视着佐格和贝蒂缠绵的肉体，我悚然而惊。整部影片原来不是一个他者叙述的故事，而是佐格的回忆。我从这个解读角度重新审视这部电影，贝蒂便成为一个全新的造物，她是被双重诠释过的，具有所有神性的一个形象，而又支离破碎，被摧毁得终极。电影的另一个名字 Betty Blue 是在暗示这一点吗？也许整部电影就是佐格的麦格芬，那部他开始了三次，在结尾才最终下笔的书。

这是自洽的闭环。除了贝蒂，你让佐格创作什么，和以什么方式创作？

我的朋友走得更远。在他的解读中，贝蒂成为佐格的幻象，在完成了自我唤起和自我成长之后悄然隐退。这也是自洽的，但我不能安然接受贝蒂主体性的完全消失，这使我愤懑，好像失去了什么。好在，有人反驳了他："一个人靠幻想也许可以呈现一个美好的梦境，却不可能被点燃这种激烈的情感。"

是的。贝蒂必须存在。即使她被年复一年地误读和颠覆，即使她只能被诠释，无法被触摸。因为那命定的痛楚与狂喜需要落脚之处，那最深刻的孤独在被召唤的时候，需要一个

名字。当一只猫跳上窗台，陪伴着沉默的打字机，你该知道
你是被温存地笼罩着，这温存永不消逝。所以贝蒂必须存在，
而我不允许她不存在。哪怕仅仅在一部电影中。

那么，爱呢？

1

HBO 的都市情景剧《欲望都市》（Sex and the City）在 1998 年开播，2004 年终结。这部剧集围绕四名生活在纽约曼哈顿的女性，呈现了她们寻找爱情、体验大都会人生喜怒哀乐的故事。

就在《欲望都市》完结的 2004 年，32 集的国产剧《好想好想谈恋爱》开播。导演刘心刚坦然承认，此剧的策划模仿《欲望都市》，结构和人物设定也全是照搬，"我们就是翻版"。

巧合或殊途同归，台湾漫画家朱德庸 1992 年出版的漫画《涩女郎》也有四个主角："万人迷""女强人""结婚狂""天真妹"。四名浓缩版的都市女郎,四种典型而鲜明的价值观。《涩女郎》被改编为都市轻喜剧《粉红女郎》,于2003年开播。

《好想好想谈恋爱》的四名女性角色,像是《涩女郎》与《欲望都市》的结合。

毛纳是"万人迷"加萨曼莎,风情万种,男人手到擒来,只享受性爱不要婚姻;黎明朗是"女强人"加米兰达,理智,清醒,事业至上;陶春是"结婚狂"加夏洛特再加上"天真妹",对男人缺乏了解,保守,传统,渴望婚姻;而谭艾琳则是汉化了的凯莉,她敏感,浪漫,怀着审视的态度生活,面对爱情又总会全身心投入。

围绕四名大龄单身女性的情感生活展开,《好想好想谈恋爱》试图描绘当代都市图景,并探讨两性议题。在本世纪初,必须承认,这部剧的主题相当前卫。

而且,它很神奇。比如说,我从未在其他国产剧的配乐中同时听到过许巍、普契尼和卢·里德。如果没有看过它,我也绝想象不出那英和廖凡谈恋爱,更没想到会在一部都市女性情感剧中见到郑钧。这部剧的编剧是李樯,配乐作曲则是窦唯,摄影剪辑和配乐都极具文艺气息;它采取非传统的、充满思辨色彩的叙事方式;它没有《涩女郎》漫画式的轻巧,也无法做到《欲望都市》的直白;它以一种清高的、自说自话的姿态出现。

《好想好想谈恋爱》每集时长45分钟,以小标题分割,每集1到3个标题不等。标题包括"(已婚和未婚)两大

阵营""爱上朋友的朋友""秘密情人""一心一意"等等，
相当于《欲望都市》中凯莉在每一集她所撰写的专栏中提
出的问句"我不禁要问……"而每集都在四个女人中选取
一名作为讲述者进行旁白，以内心阐述将剧情叙事冲散，
这给了它一种寓言意味。

剧集片头如同一部小说的第一个句子。《欲望都市》
是以轻快的配乐开始，女主角凯莉身着粉裙走在曼哈顿街
头，一辆印着她本人照片的公交车快速驶过，溅了她一身
泥水，她在高楼大厦前转过脸，皱着眉，似笑非笑，尴尬
又不失诙谐地望向镜头。

与之截然不同，《好想好想谈恋爱》的片头是一段幽
怨的氛围纯器乐，配以隧道、街灯、迷惘的女人的脸，慢
节奏蒙太奇。然后，整部剧就在这种抽象的、不确定的，
甚至有些压抑的基调中悄然展开。

2

故事第一集，蒋雯丽饰演的书吧女主人、情感作家谭
艾琳优雅地拒绝了一名大款的追求。开头即点题：爱情，
只要爱情。那英饰演的制片人黎明朗、罗海琼饰演的软件
设计师陶春、梁静饰演的造型师毛纳则是谭艾琳的三位密
友；这四名大龄未婚女子的故事相互交错，她们与各种男
人分分合合，同时也相互安慰扶持。

尽管导演刘心刚称《欲望都市》是幽默地谈性，"而《好想好想谈恋爱》强调工作和生活状态"。但实际上，剧中对四个女主角的工作和生活着墨甚少，而是以夸张的情节上演了一幕幕爱情剧，轮流旁白之外，还充斥着四位女性角色的大量对白。在讨论爱情时，四个女人金句迭出，头头是道，但当置身爱情时，她们马上放弃原则，甚至违背自己的性格，立刻被感觉降伏，全盘失却控制。优雅的谭艾琳与伍岳峰纠缠不已，在大雨中痛哭；刚刚宣誓说只要男人爱不要男人钱的毛纳在被男人抛弃后即刻翻脸索要青春损失费；刚硬的黎明朗改变风格，好好的女白领愣把自己装扮成一名哈韩女孩……在深陷爱情时，剧中的四个成年女子完全同质化，表现得像初涉情场的少女：天真、懵懂、感情用事，而后屡败屡战，屡战屡败。

这是《好想好想谈恋爱》与《欲望都市》最大的区别。《欲望都市》的单集结构是设问式的，主要叙述者凯莉在每集开头提出问题，通过自身经历和对朋友们的观察与交流，在每集的末尾总结出哪怕模糊的思考结果。这实际上是个螺旋上升的过程，也正是恋爱中最有营养的成分：从情爱经历中认清自己和自己的欲望，并进行自我梳理和修正，以获得质量更高的亲密关系。

而尽管《好想好想谈恋爱》的小标题涵括了爱情中可能出现的几乎所有问题，但它是寓言式抑或语录式的，直接跳入随感式的结论，如："女人经历男人，就是经历沧桑"，"没人相信，一个女人的成功是靠正常途径"，"爱情不会像时装一样层出不穷，机会是有限的"，"爱情和机会多少没关系，爱情是同一个苹果的两半重新组合，只是老天爷把切成两半的苹果分别抛向无何他乡，一半遇到另一半的概率是零"……从无论证过程。如是，这四名女性在一次又一次的寻爱经验和讨论中从不反省，从不将思考结果付诸实施，去修正指导下一次的恋爱行为。这导致她们从头至尾处于一种静止的、封闭的状态之中，看似积极地抓住每一次恋爱机会，但每次稍遇挫折，便马上放弃，匆匆奔赴下一段关系。整个剧情于是在这种模式中循环，那些熠熠闪光的爱情警句频频闪现，然后轻易被抹杀或推翻。

就这样，四个女人慢慢滑向结尾——在结尾处，无论出于疲惫还是孤独，她们纷纷忘记"好想谈恋爱"的初衷，谭艾琳不堪道德自责放弃了深爱的伍岳峰，黎明朗开始征婚并差点闪婚，陶春为了保全婚姻，牺牲了自己生孩子的愿望，最强调独立和反婚姻的毛纳跑到了大理，与一个她本来瞧不上的男人结了婚，并给她的三个姐妹写来一封信，劝她们像她一样妥协……以便得到所谓心灵的净化和安宁。

纵使《好想好想谈恋爱》在诸多两性话题上进行了可贵的探讨，这样的结局也是令人失望的。

《欲望都市》因为是在有线收费电视网播出，在情欲表现上尤为大胆，《今日美国》曾将它评为美国电视史上十大 转折点之一。实际上，它虽然以性为名，其内核却仍是对亲密关系的寻求以及女性的自我成长。剧中四位女性不仅讨论性经验，也共同面对事业和人生的艰苦，只是以情爱经历为主线串起她们的经历与感悟。与之相比，号称翻版的《好想好想谈恋爱》以寻爱为名，但在剧情构建的恋爱困境中，四名女性既没有出路，也没有成长的机会，最后只能结束在全面妥协之中。

在一次采访中，扮演毛纳的梁静对导演刘心刚"强化女权主义的主题"表示不满，无法认可他"通过极力暴露女人的弱点让女性观众反思"的意图。刘心刚则说："表面上我把伍岳峰这些男人描述得很丑陋，其实这是很微不足道的，相反衬托出的就是女强人强烈的劣根性……她们外强中干，表面上牛，但与男人是相爱容易相处难，特别尴尬。我周围这类怨妇朋友特别多，确实需要揭露一下。"

只能说，《好想好想谈恋爱》之于《欲望都市》，是一场中国式的、一厢情愿的照搬。对于当代爱情的探讨，它不乏有价值的尝试，但其局限性显而易见。实际上剧集的结尾正吻合整部剧集的调性：压抑的悲观主义——或者这正是主创人员对当时都市女性的真实认识与理解。

3

《欲望都市》的故事架构来自专栏作家坎蒂丝·布什奈尔（Candace Bushnell）的同名杂文集，书名和剧名直译，应为"性与城市"。

将二者并列，说明"城市"这个概念至关重要。

《欲望都市》在讲述女性情爱故事的同时，"以丰富的时尚、服饰、饮食、艺术等元素展现出曼哈顿热闹的社会人文景观"——曼哈顿，这个地点是整部《欲望都市》得以成立的基础。

只有在经济文化高度发达的地方，才会生活着凯莉、米兰达、萨曼莎和夏洛特这样的女性，她们的职业设定（律师、专栏作家、公关和画廊经理）注定如此；也只有在这里，才有这样多姿多彩的环境和社交生活，供她们进行一次又一次的相遇和别离；她们对待情爱的态度，她们的生活方式，她们的消费习惯，她们的思维逻辑……这一切都只可能在大都会里被接受和欣赏。

所以凯莉会这样强调她"上东区"的地址，当米兰达搬到布鲁克林时，"一个时代结束了"；凯莉要去巴黎时，朋友们说，你疯了，你就是纽约，纽约就是你。

"城市"乃至"大都会"概念，不仅是经济发展、价值观多元并存的具体指代，还代表着自由、独立和无限的可能。《欲望都市》不仅让我们见识到凯莉们的生活方式，更重要的是她们的生活理念：单身，独立、自足，具有强烈的自我意识，不再年轻却依然有魅力，享受生活，同时勇敢而执着地寻找理想的情爱。

这也是为什么《好想好想谈恋爱》的移植总有空中楼阁不落地之感，事实上它从头到尾也没有明确提示过，剧中的那些故事具体发生在哪座城市。在本世纪初，我们的文艺工作者尽力了。当谭艾琳们逛澡堂一般在健身房里挂着毛巾跑步时；当约会中的男女咬着蔬菜沙拉，往玻璃杯中倒红酒时；当汉化的 Mr. Big 伍岳峰先生语调不正地叫着艾琳的英文名时；当女人们在一场调情之后穿着晚礼服和高跟鞋坐着公交车回家时……那无处安置的向往，实际上是在呼唤一种还未到来的生活和社会环境。

这并不是虚荣，也并不是浅薄的对消费主义的羡慕。这是"身体给予腐朽灵魂的一次震撼"：《好想好想谈恋爱》的创作初衷，即是预见到了 1998 年的纽约女性生活图景必然在中国重现。可惜概念先行，而时机未到，2004 年的国剧空间中既无欲望，也无都市，"谈恋爱"的美好愿望也只能落入理论性的空谈。

2020 年 2 月的一条电视剧拍摄制作备案公示中，赫然写着："题材：当代都市；内容提要：15 年前，几位闺蜜好友谭艾琳、黎明朗、毛纳和陶春相继步入稳定的婚恋关系……如今，她们是完美妻子、优秀母亲、职场女强人，但对于内心真实自我的追求，又再次萌芽……她们以积极的姿态迎接事业和家庭的两难，释放出巨大的潜能，重新盛开生命之花，最终获得属于自己的幸福。"

"集数：36；剧名：《好想好想》。"好想好想的后面——我不禁要问——是什么，爱吗？

爱情永远值得讨论：单身女性和已婚女性是敌人吗？恋爱时一定要放弃自我吗？单身而且精彩，可能吗？为了更亲密就要保持距离吗？可以和旧情人做朋友吗？是不是无论多努力也无法看清自己？……特别是在今天，这些问题已不单单是电视剧中的小标题，而成为切肤可感的疑惑，需要以真实的生命体验去与自己对话。

——在距离《好想好想谈恋爱》开播 17 年后的今天。

《欲望都市》中的生活方式已不再遥远，中国的城市里早已生活着无数个凯莉或谭艾琳，尽管《欲望都市》原著作者这样矫情地写："如果你动了真情，那就离开纽约。"但事实是在经历了各种情爱尝试后，《欲望都市》中的每个角色都收获了最适合自己的亲密关系，同时也找到了人生和事业的方向——这正是这部剧历经二十余年仍是都市女性情爱教科书的原因。

恋爱是平等的机会，去将全部细胞开放，贪婪地吸取着所有细微的触觉，去探究和认识一个全新世界，去享受肉体和精神的契合，并在这个过程中与另外一个生命个体缔结真正的联系，从而拓宽自身的生命体验。在何种环境中，恋爱都不该是奢侈物，也并非生活之上的另一种生活。对于每一个凯莉和艾琳，人潮滚滚之中，机遇与诱惑并存，身体和舞台都已就绪——无论是在文艺作品，还是现实生活中，此时此刻，我们的都市灯火辉煌，而欲望一直在场，这明明本该是最好的时代。那么，爱呢？

《权力的游戏》《复联 4》与剧透

　　我看《权力的游戏》很晚，2018 年才
开始。在全球剧迷焦灼地等待着最终季的
时候，我鬼鬼祟祟地补完了前七季以及原
著。到 2019 年 4 月第八季开播，正好追上
大部队。

　　读完原著后，我对最终季的剧情预期
很低。没有原著支撑的第六、七季已经非
常说明问题。追最终季，感觉像是缘尽的
情侣在吃分手饭，买卖不成仁义在，怅惘
大于激动，心里清楚爱已死，离别在即，
只想求个全尸，给过去画上终止符。

　　有人说失去原著的《权力的游戏》后
三季像高鹗所续的《红楼梦》后四十回。
形容得很准确。张爱玲写她小时候看《红
楼梦》，"看到八十回后，一个个人物都

言语无味，面目可憎起来……"张爱玲还说，不好看不是因为贾家败了，有枯寒相，而是作者笔力不足，写得不够好。我看后三季也是这感觉。《权力的游戏》剧集制作，原作者乔治·马丁一直参与，第五季之后应该是给过编剧若干剧情发展提示，这跟高鹗照着前八十回的草蛇灰线续写差不多。但是，仅仅按照结果设计剧情是不够的，人物塑造和细节铺陈才是体现气质的地方。没有了原著的权游就像丢了魂。更重要的是，剧集是大众娱乐产品，创作起来比续书更掣肘。乔治·马丁接受采访时也说，电视剧创作要考虑的因素太多：预算、观众反馈、演员档期……要想说了算，"总得当上个头头才行"，他说，"比如制片人什么的"。

因为预期低，所以我看第八季看得还挺满意。而且一边看一边给编剧找借口。龙死了，一定是预算问题。主角活着的太多，估计是怕观众翻脸。反派大 Boss 败得太突然——不然你说要怎么样嘛！

就算《红楼梦》后四十回与前八十回不可同日而语，高鹗也不是人人做得的。挑毛病永远比创作容易得多。比高鹗水平更高的《红楼梦》续作，也许是孤陋寡闻，反正我没见过。我也认为，就目前看，《权力的游戏》仍算是质量顶尖的剧集之一。

对于喜欢的剧，我是掘地三尺的看法。原著自然要看，衍生剧和翻拍版本要看，周边看，拍摄花絮和各种采访看，剧透和剧情分析也绝不放过。权游第八季播出前我已经翻遍了所有能找到的剧情预测分析。可能是性格和偏好，我不喜欢刺激，我喜欢不刺激。我尤其欢迎剧透，提前掌握剧情会给我一种奇异的安全感，好像是跑长途看到终点一样，放下心，便能从容地调整呼吸与步调。较之最终结果，我更关心的是剧中人是怎样或疾或徐地抵达那结果。

优秀的悬疑小说和电影，我至少看两遍，第一遍匆匆赶到结尾解决悬念，第二遍才细细地咀嚼情节的起承转合，人物的塑造和文笔好坏。如果特别优秀，就会一遍又一遍反复看。

我的经验是，哪怕是最倚靠悬念的作品，悬念也仍然不是最重要的部分。强悬念甚至会有伤叙述，优秀悬疑作品的成功之处便是不被其俘虏。比如 2003 年朴赞郁导演的《老男孩》，非常出色的惊悚悬疑片。据说在制作期间，剧本严格保密——实际上它改编自漫画《铁汉强龙》，也不算是原创剧本影片，只是导演修改了结尾，为这个复仇故事加了一个强烈的伦理悬念。韩国版《老男孩》上映后国内口碑票房双高，并拿下国际大奖。2013 年，美国名导斯派克·李又翻拍了美国版。剧透与否并不能影响好剧本的质量与票房预期，毕竟电影一旦上映就等于解密。

没什么故事不能用三句话讲完，这是老生常谈了。一直被翻拍的经典悬疑文学作品如阿加莎·克里斯蒂系列和柯南·道尔系列，也从来没有过所谓剧透的困扰。仅拘泥于剧情，尤其是刺激性的结尾，是非常浅薄的感知层次。早在 2007 年，大卫·波德维尔便已在《或许，你的电影头脑就是如此》中从心理学、思维范式和电影叙事等多个角度探讨了"悬念再生现象",意即,纵然你已经多次观看过一部悬念电影,再次观看时也能"感受到这种持久存在的悬念感"。

《权力的游戏》第八季第三集播出后第二天早上,我一睁眼便看到一个身在美国的朋友发来的线报:"二丫杀了夜王!"一时悲欣交集,随手转发给若干权游铁粉之余,大公无私地贴上微博,并顺便讽刺了一番强烈抵制所谓剧透的《复仇者联盟4》粉丝。

果不其然,《复联4》的粉丝纷纷发来私信辱骂。其实这回我还是真冤枉,我没剧透《复联4》,因为我根本没看。

话先说回来,何谓悬念?诺埃尔·卡罗尔在《电影悬疑的理论初探》中提出,悬念取决于我们随着影片故事的展开,在脑海中形成的一些疑问。波德维尔进一步阐述,"当故事情节表明某个邪恶的角色可能无法实现他/她的企图时……当某个正义的角色可能会大功告成时,也谈不上什么悬念。"

我同意波德维尔。我从来没在《复联》乃至于漫威系列电影中感觉到任何悬念,这一类超级英雄电影绝不可能脱离好莱坞的叙述范式:"坏蛋出现——英雄决心战胜坏蛋——英雄遇到困难,坏蛋暂时得逞——英雄克服困难战胜坏蛋"。这由它们作为大众娱乐快消品的产品分类所决定。这一类电影的卖点通常是视听效果和特技,因为剧情总是大同小异殊途同归,哪怕是作为系列终章的《复联4》。

或者《复联3》还有一点"悬念"的意思，但《复联4》还有什么想不到的呢？无外乎谁死谁没死，各种排列组合。想由这样的剧情中得到新意，就好像走进麦当劳跟服务员说"套餐。给我个惊喜"一样好笑——写到这里又该引用波德维尔了。"我不禁要问，这么严肃干什么？"（《待售的超级英雄》）

至于权游，自雪诺草草复活之后——重要的不是复活，而是怎样复活。编剧在力求维持原著神韵时的无力和无奈已使我失去所有对剧情的期待。

我还发现宜家出了一款新门档，起名"Hodor"——这说明，剧集也好，电影也好，在今天归根结底本质上都是一盘大生意。制作方一边以"严格保密剧情"为营销点，一边放出各种物料挑逗观众，维持热度。我还发现，在中国，连载中的剧集往往会放出"大幂幂掌掴黄轩"这样惊悚的标题吸引点击，而实际上描述的是明星所扮演角色在剧集中的狗血剧情。国外的宣传则相反，往往以"海王降落迈阿密"或"钢铁侠街头买热狗"为标题。前者强调明星而后者强调 IP 角色，但营销手段都是人物与扮演者的融合——这也是当代娱乐工业的特征之一，制作者们致力于消除而不是强化产品的间离效应，使得扮演者、角色与观众的界限越来越模糊，三者其乐融融地沉浸于同一场生活大秀，一次性的观看行为被无数次形式各异的消费行为取代。而作品本身（电影或剧集）早已从中心漂移出去。

小战士枪击黄世仁的时代过去了。再将真情实感托付给电影中某个角色，简直是可敬的。但抵制剧透显然不可行也不可能。如果真对剧情有这么硬核的要求，建议从自己下手：看首映之前断网。或者用更干脆的方式取代：看现场球赛或玩游戏。没人能剧透那些。

短视频、奥斯卡与速读时代

　　继图文和直播之后，短视频正式成为内容化的一支奇兵，这也就是几年前的事。2021 年年初，短视频的风口尘埃尚未定，七十多家影视公司发表联合声明讨伐短视频侵权兼藐视原创，随即五百多名影视工作者也联合发声，为之加磅。长短视频虽分属不同产业链，却触及同一利益，疫情暴发后的影视寒冬期将积怨彻底激化，想来这一战终难避免。

　　资本的事归资本，法律的事归法律。但日前读一名法律人士为此事撰写的法理解读，却发现其中一点十分有趣：在某案件中，针对"几分钟看完一部电影 / 剧"的二度创作，短视频一方的辩解是所用素材所占百分比极少（0.5%），并不构成侵权，而原作一方则认为，"如果这些截图或者短视频让大家已经了解了基本剧情和主要场景……就算影响使用"。

这个案件最终原作胜诉。说白了，别管多短，只要其中有剧透，看完让观众不想再看长的，就算侵权。此案发生在 2019 年。

就是在那年，我写过一篇文章专门讨论剧透。我一直欢迎剧透，遇上强剧情的悬疑类小说或影视作品时，我甚至会特地翻到最后先看结局。这会给我一种奇异的安全感，好像是跑长途望见终点一样，放下心，便能从容地调整呼吸与步调。较之最终结果，我更关心的是剧中人是怎样或疾或徐地抵达那结果。

没什么故事不能用三句话讲完，这是老生常谈。仅拘泥于剧情，尤其是刺激性的结尾，是非常浅薄的感知层次。这是我当时的观点。那时候我还没有意识到，对于绝大部分观众而言，得悉主要情节和结局已经成为观影 / 剧的核心目的。短视频创作者们显然比我敏锐得多，不然，也不至于会彻底动了长视频的蛋糕。

2021 年 4 月 26 日，拖延许久的奥斯卡金像奖终于交稿。诸多奖项中最让我惊讶的是，《前程似锦的女子》竟击败《芝加哥七君子审判》，夺得最佳原创剧本。

不客气地说，相对于老派的《芝加哥七君子审判》，《前程似锦的女子》有如西方的《延禧攻略》，剧情粗糙简单，不存在什么成形的内在逻辑，但极迎合某类观众群体的观看心理，概括一下，可以对标我国网文中的"女频—复仇爽文"。

祛除政治正确因素和奥斯卡对流媒网飞 (Netflix) 的一贯排斥，假如 2020 年《爱尔兰人》的全程陪跑意味着严肃的、史诗类的、莎士比亚式的文学类影片已不再是奥斯卡的主菜；在我看来，2021 年《前程似锦的女子》拿到最佳原创剧本奖，则标志着在电影叙事方面，作为好莱坞的主流趣味，奥斯卡正在表态。不仅严肃文学业已成为过去，甚至通俗文学也已过时，网文登场，擅长长篇细腻台词和富含文化感的索金不敌过关打怪的复仇女神。

话说回来，《前程似锦的女子》特别适合切条提炼，"五分钟看完"，而且看完后绝对不需要再看原片。

而如果一部长片被浓缩为短视频后没什么损失，那说明，它本来就应该是一部短视频——这便形成了一条绕口令一般的定律：那些能被短视频损伤的长视频，本身就不配被制作得那么长。

这特别符合我近年来观影和观看短视频的体验。越是烂片，越适合速读；越是信息量大，能指丰富，提供巨大解读空间的作品，就越无从二度创作。在这个意义上，长短视频本应各擅胜场，但世界变了，观众也变了，新一代的眼光是被互联网产品填鸭似的喂养出来的眼光。为占据观众精力，低维吞噬高维，高维自动降维，在影视剧作品声讨被短视频夺去了市场的同时，它本身正在无限度地短视频化，这是当下一个更为有趣的趋势。

与沈阳作家班宇讨论"土味视频"的时候，他曾说过，

"年轻人……特别喜欢或习惯把一些事总结成一套公式或者原则，然后从此就幸福。这是他们寻找内心真理的最简便的方式。"短视频化即为公式化的一种。我完全能理解它为什么会流行。用五分钟取代数小时的观看乃至数十小时的阅读，极为简便地获得信息占有的快感，这确实非常诱人。

而其中的可怕之处，不仅在于简化的过程祛除了铺陈过程中的细节和韵味，将创作降格为工业化生产；更在于其对即时满足的迎合，再进一步，则是取缔了深度思考的可能。

没有客厅的年轻人

1

1994 年，美国情景喜剧《老友记》在 NBC 播出第一季。

那时候的人类世界，手机已经出现，但还不是智能手机，互联网也已经出现，但还远未普及，"我们还没有被设备过度连接，或者受到技术的控制。社交媒体还没有令社交生活变得病态般无休无止，一方面又弱化了社交生活"，库尔特·安德森在《为什么 90 年代是最好的十年》中这样写道。

《老友记》便是出现在这样一个时代，这部情景喜剧以 236 集的原创剧集归纳演绎了一群年轻人在曼哈顿的十年生活。自开播以来，它不仅风靡 90 年代，直到今日，都还是美剧中的头号经典。

开篇第一集，五个朋友在曼哈顿的咖啡馆闲坐，遇到了来投奔莫妮卡的逃跑新娘瑞秋。然后，在莫妮卡的公寓里，决定留下来独立生活的瑞秋忍痛剪掉了由医生父亲结账的信用卡，莫妮卡拥抱着瑞秋，说出了第一季的金句："欢迎来到现实世界，它糟透了，你会爱它的！"

这不妨被看作一个明喻：年轻人逃离中产阶级的既定路线，投入热火朝天的自由生活。整部剧集便从这个明喻激溅开来，轻松而流畅。

情景喜剧（sitcom）的典型特征是固定的角色和固定场景。《老友记》中六位固定人物的核心，是莫妮卡和罗斯这一对兄妹，其他人物关系则由这二人辐射出去。钱德勒和瑞秋分别是这对兄妹的高中好友，其中瑞秋是罗斯的初恋，乔伊和菲比则是室友——在剧集中也有另几位被"淘汰"的男女室友，以笑料奇葩的方式呈现。而乔伊和菲比则是经过考验，被留下来的同类。

这种从血缘出发，又经过日常生活筛选的关系紧密而舒适，是前智能手机时代的社交遗风。六人之间深厚的情谊是这部剧的核心，剧作者借剧中人物菲比的口说出："爱人来了又去，但朋友是永恒的。"

而《老友记》中，最重要的固定场景便是莫妮卡的客厅。

这间客厅中，六个人游戏、相恋、约会、争吵、决裂、和好、聚会、求婚、怀孕、抚养后代。《老友记》每集一开始，朋友们或是聚在餐桌边吃吃喝喝，或是瘫在沙发上盯着电视，或是透过窗户观察对面的丑胖裸男，或是跨过窗台去阳台上说悄悄话……之后，会有温情或好笑的事情发生。

对于大多数观众而言，提到《老友记》，第一视觉记忆便是这间客厅。

所以在猜题赌公寓那一集中，输掉了公寓的莫妮卡会焦虑得彻夜不睡，将乔伊和钱德勒的客厅收拾得干净舒服，烤好饼干，把其他人引来。"我永远是最好的女主人"，她这样说。

一个朋友们能自由相处的私密空间，这是客厅的意义。客厅不同于《老友记》中另一重要固定场景 Central Perk 咖啡馆，那是连接外部世界的一个接口，具有开放性质。客厅又不同于代表着私生活的卧室，客厅是这个六人组合最重要的生活空间，不仅是居所，还是他们真正意义上的、共同的家。这间客厅里的生活，是介于公共生活与个人生活之间的小团体内部生活，是一粥一饭，日日夜夜累积建设起来的体验和情谊。大都市不易居,在六个人的心理层面,这是给予他们安全感的基本盘。

如果说《老友记》是一部关于友情和爱的乌托邦剧，就是这间客厅将真实的生活质感植入其中。

2

长辈形象，在美剧 / 电影中通常作为传统家庭观念和社会主流秩序的表征出现。

《老友记》筹备初期，NBC 曾将"六人行"设定为"七人行"，还有个比这帮好朋友大二十多岁的警长（Pat the Cop）出没其中，为年轻人提供各种人生指导。开拍后，由于太突兀，这个角色被拿掉了，使得《老友记》成为一部纯年轻人的群像剧。

根据剧情设定，莫妮卡的公寓租约继承自外祖母，又被她分租给朋友。这位祖母始终没有正面出现在剧中。在她去世后的葬礼上，莫妮卡和她的妈妈有了第一次深入的对话，让这对母女的形象更加鲜明。

而莫妮卡和罗斯的父母，以及其他几位主要角色的父母，在莫妮卡的客厅中是最经常出现的常驻角色。他们带来的剧情功能，通常是解决代际矛盾，使年轻人与童年和解，以及增强家庭凝聚力。

其中莫妮卡和罗斯的父母是最典型、最正常的美国式中产夫妻，迂腐，滑稽，有点儿重男轻女，但非常温暖，非常稳定。在剧中，这对夫妻是"美式幸福家庭"的模板。瑞秋的离异父母，则像是她的复线存在——如果当初没有逃婚，她便会成为她的母亲。在剧集的后半段，瑞秋自己说出了最准确的自我定义："我一辈子都在避免成为我妈，结果我成了我爸。"这里的所指实则意味深长，父辈身上根深蒂固的阶级特性，是新一代年轻人警醒又难以逃离的。

相对而言，乔伊意大利移民背景的家庭则不那么受制于主流价值，乔伊本身也是六人中最跳脱、最自由的半孩童形象。而菲比，传奇的菲比，则承担了剧集中童话的部分，但如此贴地飞行的她，也要在这间客厅内建立与亲人的紧密联系——对菲比而言，是与她的异母弟弟。建立联系的方式也是耐人深思的，菲比为弟弟代孕了三胞胎。以这样非主流又不乏温馨的方式，菲比建立了她生活中最缺失的家庭关系，徐徐降落，重新扎根于大地。

钱德勒的父母——离经叛道的变性歌手和色情畅销书作家——在剧集中，以类文化符号的形式，被处理为日常化的存在。钱德勒与他们的和解直接指向当时美国社会对新生价值观的宽容。

在《为什么90年代是最好的十年》中，库尔特·安德森用"和平、繁荣、秩序"来形容美国社会当时的文化氛围，这正是《老友记》的调性。而这间客厅便是当时美国主流社会的浓缩模型——当然，经过了情景喜剧的滤镜。

在《老友记》的末尾，六个年轻人中除了大男孩乔伊，每个人都找到了归宿，结婚的结婚，生子的生子。作为对开篇的回应，瑞秋和罗斯这对纠缠了十年的情侣终于尘埃落定，携手归家，心甘情愿地回到瑞秋曾逃离的中产阶级生活轨迹中。只不过这一次是她自主自由的选择。

开播十年后，全剧最后一季，莫妮卡和钱德勒成婚并领养了两个孩子，像他们的父母一样，他们买下郊区的房子，准备步入安然的中年，重复父辈的幸福模板。六个好朋友同居的日子结束了，整部剧集的最后一幕是他们并肩站在空荡荡的客厅中，一起向观众鞠躬作别。

1994 到 2004，"最好的十年"，一代人的青春落幕于客厅，这青春是剧中人与观众共享的青春。

年轻人闯荡大都市，在奋斗中成长并结下情谊，最后回归主流生活方式——通常被直观地表现为结婚生子，并从曼哈顿的合租公寓搬到布鲁克林的联排别墅；这一由《老友记》确立的成功剧集模板，也一再被应用到之后的美剧中。

1998 年，美剧又一经典《欲望都市》开播。这部剧集延续《老友记》的成功剧情内核，仍以纽约曼哈顿为背景，通过四名女性的情爱故事呈现了她们体验大都会人生喜怒哀乐的经历。如题所示，剧集以"性爱"和"都市"两个概念为中心，她们的"客厅"便更具公开展示的特性——每周日的早午餐约会。

到了 2007 年开播的《生活大爆炸》，当谢耳朵坐在客厅沙发上他特定的位置看电视，潘妮、伦纳德、博纳特等一帮朋友分发着送来的中餐外卖，这场景，让美剧迷们似曾相识，又眼前一亮。

这不仅是余音袅袅的美国梦，具体而言，这是一场美国青春梦。

3

2021 年的 6 月，在北京西二旗，一间三室一厅的公寓里一共住了五个人。两个女孩住在带卫生间的主卧里，三个男孩分别住两间侧卧和客厅隔出来的房间。

工作并没有特别忙。每天上午十点多到公司，如果不加班，六七点就可以回家了。但这些年轻人宁可磨蹭到晚上九十点钟才回去，一是公司食堂里有晚饭，二是回去也没事干。到了家，进了房间就上床，在床上看电视、玩游戏、刷手机、看书。周末，公寓里很安静，人们要么出门不见，要么紧紧关着房门不出。

当初租房时，这个租房 APP 主打的业务特色是"室友社交"，所有室友的工作、公司，甚至星座都显示在页面上。可是，分租了一年多，他们的交流仅限于互相代收快递，讨论修下水道等生活事务。他们的微信群里，充斥着"时间点""能动性""复盘""感知"等各种"大厂词汇"。

他们彼此认得脸，但不知道名字。来北京之前，他们想象中的生活可不是这样的。那是什么样呢？他们觉得，应该是《老友记》里的那个样子。

在中国，《老友记》首先是以英语启蒙教材的方式进入年轻群体，而后迅速风靡，成为经典。它带来的除了观看享受，更是一种生活方式的召唤：年轻人到大城市去，跟朋友们住在一起，收获事业的同时，收获友谊和爱情。

在北上广深以及崛起的杭州，在大厂周边，迅速膨胀的互联网经济给年轻人以无限希望。这些地方充满了机遇，与剧集中繁荣有序的 1990 年代的美国是那么相像。真正进入都市生活之前，这些剧集便是年轻人的美好愿景。

然而他们不知道，如美国作家索尔·奥斯特里茨所说，《老友记》只是 "90 年代美国社会流动、向前进程中的一部分镜像"。

《老友记》遵循情景喜剧的创作原则，每集剧情都经过数次排演和修改，以便从中选出最受欢迎的走向。换句话说，完全由观众决定。如此看来，《老友记》确实只是美国式的、由娱乐业与大众合谋的一场乌托邦幻梦。

当 85 后、90 后的北漂年轻人们搬进群租房时，他们才发现，美好愿景只是美好愿景。

《中国青年租住生活蓝皮书》的数据显示，2018—2019 年度，20—30 岁租客占城市租住群体的 84%，90 后占比达到了 75%，成为城市租住人群的主体。大批心怀梦想的年轻人涌入都市，租房的价格水涨船高。中介公司看准形势，将整套房子隔成一间一间分别出租。在那之前，人们往往是借助人情网络，合租一套房子，也共享一部分生活，而现在，则是一个个的陌生人，各自关起门来，住在一起。

从没有一帮朋友拥在厨房里做饭，或者坐在沙发上一起看电视的情景。在这些群租房中，客厅只是另外一个房间。对于这些年轻人而言，生活只有两层维度：公共空间和私密空间，中间不存在任何缓冲。没有任何形式的小团体生活能在这里建立起来，当然，颗粒状的人际关系也是重要原因，这些年轻人被动地被组合在一起，未经主动筛选的关系不具备什么黏度，地域和生活状态的差异使得原有的人际关系难以维系，而在新环境中，大部分的社交发生在线上，也滞留于线上。就算要落地，也无处可去。

《老友记》再美好，再经典，它也只是一场青春梦。但其中那间客厅的意义是切实的。一间客厅，不仅是友谊生长的大后方，是建立亲密关系的二级阵地，是柴米油盐的日常训练，更是自主选择。它代表着掌控生活的权力。它所提供的不仅是物理空间，更是心理空间，是人与人之间各种试探、接受、共生和离别的体验，它为各种层面的成长提供可能性——在真实的生活中。

没有生活，只是活着。有人曾这样说，"在繁华的大都市里举目无亲地活着"。

在西二旗的公寓中，隔断之后的客厅只剩一窄条，放的都是租客们的纸壳箱，搬来一年，他们还没找到地方把它们打开。客厅看起来一直都是《老友记》最后一集中的样子，有人说，"我们都是没搬走的乔伊"。

杜绝奋发向上

曾经，我在4月雨后的街头怀抱大摞书籍，快步追赶进站的公交车——那大概是我的人生最为积极的一刻。结果我结实地摔倒在路口，满腿污泥，看着公交车徐徐驶过。

这个跟头告诉我，凡需快步追赶的东西，大概注定不会属于你。

"无论做什么，"言情大妈亦舒说，"姿态最重要。"持这种人生态度的人永远也当不上团支书。然而我读到这句同意得五体投地。与所有的撸瑟一样，我相信"长寿、天才和一见钟情"，膜拜艺术家的疯狂，唯独对一般人的努力拼搏看不上眼、冷嘲热讽：请问你们如此全力以赴，除了增加虚假繁荣，对这世界有何新创造？

　　奋发向上的普通人是这个世界额角的油汗，尴尬又恶心，市侩、乏味，毫无美感。每每在十字路口看到城市白领盯着交通灯，跃跃欲试奔赴他们的精英之路，便想松开刹车压过去。我以我的颓废蔑视他们的成就。

　　让我欣慰的是，在电影中，那些奋发向上的好人很少得到好结局——这是电影与生活最大的不同，它不太允许怀才不遇和平凡的成功。人们喜欢看到英雄主义，甚至经常爱上富有创意的坏蛋，对倒霉的小人物也满怀同情，只有脚踏实地一步步走上康庄大道的普通人在电影中不受待见、饱受调侃。比如，在动作大片中，往往有一到两枚循规蹈矩的保守人物作为反派，映衬不走寻常路的英雄，通常下场惨淡。更不用提那些一出场就消失的炮灰小角色——替英雄探路被坏蛋干掉的低级警察、上班途中被英雄抢去座驾的中产阶级（几乎每部大片都有一个！）、好好走在路上忽然没了命的路人甲乙丙丁。那些可都是好人哪。

　　哈哈哈哈，每次看到这些镜头我都极为开心。实际上，敌视是来自对追逐现世享受的恐惧，来自悲观。样板间一般的美好生活抹煞了个体孤独的单一特征，而那是我们的终极目标和坟墓。"归根到底，与众不同是不行的。"亦舒大妈最后说。那些积极的普通人代表庸俗无聊——代表主流价值观，代表我们中的大多数。

　　而电影提供错觉，告诉我们与众不同行得通。由是，电影中的励志与生活截然不同。在生活中，永远是充满世俗智慧的精明人得到成功，而电影则不。所以每每春来，我都去看励志片。

从某种意义上来说，《内布拉斯加》是一部彻底屈从无聊的反励志片，《极品飞车》则是标准的正励志片。从任何层面上看，它们都是两部处处相反的电影，但是在前者中，年轻的男主角就在内布拉斯加的加油站第一次抱住了心爱的姑娘——那个加油站出现在后者的一个远景长镜头中。这种巧合悖论我真喜欢。想象一下在某个时空中，老头看着改装野马以两百五十迈的时速扬长而去，然后捏紧手里的奖票。

尽管有个温情的结尾，《内布拉斯加》仍没有给人任何希望。因为它实在太本质。老人儿子与表兄弟在沙发上看电视的段落简直是从生活中直接剪切下来的。试问谁没有这样的经历，与你血脉相连的人坐在你身边，大腿上的肉贴着你大腿上的肉，汗和汗交缠在一起，但那尴尬、隔阂和无言以对，夏天茫茫的热风与沙子罩住脑袋。

老人的眼睛澄明一如无脑的婴儿。尽管如此，命运与电影仍是不会安排他中大奖的。老人的儿子就是那种循规蹈矩的、老实的奋发向上人，他终于在结尾变态了一把，让父亲开着新皮卡招摇在内布拉斯加——电影的意义便在于此。"天空一无所有为何给我安慰。"《内布拉斯加》的安慰是这种安慰。

"我现在有理。我永远有理。"加缪的局外人说。这是对无聊最早的战斗宣言，而它只可能出现在文艺作品中——《银翼杀手》中哈里森·福特在大雨的街头啃着一

串日本烧肉；《她》中男主角在虚拟爱人的声音里闭着眼
飞奔在街头；《杯酒人生》中最终用一次性杯子喝掉的那
瓶美酒……电影中打动我的，通常便是这种西西弗斯式的
无奈和抗争，它带有一种稚气的悲壮，一种古典主义美感，
我永远不能在生活中感受得到。

既不傲骨，也不贤妻

我喜欢英美律政剧，因为我喜欢讲理。《傲骨贤妻》2009 年开播，当年我看到第三季弃了。此剧开播十年后，我终于用无所事事的一周从头到尾看了一遍。

所谓"大女主剧"这个概念什么时候提出的，我不太清楚。但《傲骨贤妻》无疑算是。说它是"一个女人的史诗"那是过誉，这剧不"史"也不"诗"。那正是我喜欢它的地方，它本分，没什么野心，老老实实地讲故事，后来的各种"大女主剧"跟它比都有点梗着脖子的腔调。

《傲骨贤妻》的女主艾丽西亚本来是个家庭主妇，后来因丈夫入狱，被迫重入职场。这剧就以她之后几年的职场及感情经历穿起各种案例，没有脱出美剧一贯的套路。演艾丽西亚的演员脸上有皱纹，身材曲线仍在但不复紧致，是个风韵犹存的中年女人，可演感情戏时笑起来还有一丝清纯。我很喜欢这个选角。看到被吹嘘"少女颜"的中年女演员我会不寒而栗，事如反常必出妖。况且用"少女感"来赞颂成熟女人的魅力本来就近似于骂。

与电影相比，剧更容易引发沉浸式的共鸣，真正的共鸣可以跨越时间和空间的隔阂。当年，我弃剧的原因是觉得女主处理感情太磨叽，一边跟老火焰威尔暧昧不清，一边还跟公开承认嫖妓的老公维持婚姻关系，太过于圣母，让人不耐烦——可见当年我还没受过太多生活的蹂躏，看人断事多么容易走极端。归根到底，《傲骨贤妻》里的艾丽西亚和彼得是一对平庸的中产男女，他们的视野和能量是平庸的，徒有野心和愿望，走不到《纸牌屋》里弗兰克夫妇的冷酷，是早晚要幻灭的。这幻灭中的矛盾和挣扎因为离得近，便具有温度。像弗兰克夫妇的高度，我反正是只能仰望了。

确实是要十年后，我才能去试图理解剧中的艾丽西亚。特别是今日，平均每季度有 1.5 个名人被捉到出轨 / 嫖娼 / 强奸妇女，全民盯着名人的配偶如何回应的今日。我忽然意识到了《傲骨贤妻》的前瞻性。在剧中，艾丽西亚对丈夫彼得有未泯的旧情，有惯性的责任感，有挟以自重的潜意识，她非常清楚他对她的个人形象和职业发展的意义，她会心软也会算计，同时她也有怨和恨，对他有利用也有报复，经济和情感上都纠缠不清。与此同时，她与其他男人也是同样地纠缠不清。真实生活中的情感不就是这样浑浊吗？哪怕是在我们习惯了用粗暴的标签与二分法定义一切的今天。

最讽刺的是，被情人挑逗出情欲时，艾丽西亚会找老公搞上一炮泄火。我看到那里真是乐不可支，好想转出来逐一@女权主义者们。

可能，按今日观众的期许，艾丽西亚算不上合格的大女主。她有能力，但很明显靠自己的能力爬不到她的位置。她会自我膨胀到想自立门户，甚至从政，最终是从半空被狠狠地拍在地上。这正是《傲骨贤妻》里我最赞赏的地方，它不会把冰冷的现实熬成温鸡汤——艾丽西亚至多是个盗版盗得不怎么样的戴安，甚至她最后一个情人都与戴安的老公相似，高男性荷尔蒙的传统牛仔。对于戴安而言那可能是生活的有益补充，毕竟戴安对男性的要求可能只要浪漫情愫便足够。而艾丽西亚显然需要更多。直到全剧终开放式的结尾，艾丽西亚也并没有成长为严格意义上的杰出独立女性，所谓"女王"（可能这是衍生剧《傲骨之战》以戴安为女主的原因？）。

威尔之死要提一下。被《权力的游戏》的"血色婚礼"震撼了一次之后，我是没想到会被威尔之死再震一次。一部剧的男主演到半截暴毙了！后来查资料，发现跟《唐顿庄园》里的大表哥一样，是演员半途离场的缘故。好在《傲骨贤妻》用了一季慢慢铺垫，没有《唐顿庄园》那么硬核。纵然如此，还是有很多观众在威尔死后弃剧。除去威尔的魅力，恐怕也是因为这个角色一去，艾丽西亚的感情线全面崩塌。我是非常好奇，如果演员不走，编剧会怎样安排威尔和艾丽西亚的发展。在剧的后半部分，艾丽西亚从懦弱小妇人变为一个初级政客，开始从权，撒谎，心安理得地欺骗自己和大众，与她的丈夫彼得越来越同质化。威尔成为她心中某个情感圣器，或是出口。这真是非常现实主义而深刻的，令人悲伤。

《傲骨贤妻》的英文原名 *The Good Wife*，专指待在家里不上班的中产家庭全职主妇，其实不乏挪揄和讽刺。中文翻译是自作多情了，艾丽西亚实在既不傲骨，也不贤妻。这部剧里，我喜欢的角色是伊莱的女儿、艾丽西亚的同性恋弟弟，以及几个出现得很少的配角，都是美剧中比较常见的那种色彩鲜明的角色。对于艾丽西亚，我谈不上喜欢，但却有着非常丰富的感触，大概是因为在她身上看到了太多的自己。因为这不是一部励志的或者自我实现的女性主义宣言，她经历了很多，也变化了很多，而生活还要继续。仅此而已。

时时刻刻不知如何是好

1

2019 年，动画电影《白蛇：缘起》上映。这是继《小门神》之后，追光动画的第四部，也是第二部重要的中国风动画电影作品（《小门神》之后还有《阿唐奇遇》《猫与桃花源》两部作品）。

《白蛇：缘起》的故事仍以白蛇和许仙（在这部作品中名为阿宣）为主角，为推陈出新，不再重复已表现多次的"借伞""显形""水漫金山寺"等经典桥段，《白蛇：缘起》将叙述放置于西湖相遇之前，可视为"白蛇传"的前传。

晚唐年间，蛇族派出蛇妖小白刺杀大肆捕蛇的国师，小白刺杀失败并失忆，被永州少年阿宣救起。小白阿宣相爱了，但小白记忆渐回，蛇妖的身份也随之显露，阿宣不离不弃，为了与小白相伴不惜变身为妖，最后在国师与蛇族的大战中为保护小白而死。影片结束在西湖断桥上小白的一个回眸，怀着记忆，她与转世的阿宣再度相逢。

《白蛇：缘起》制作精良，视觉效果细腻唯美，最终以 4.4 亿的票房收官。2021 年 7 月，追光动画乘胜追击，推出了"白蛇传"系列的第二部《白蛇 2：青蛇劫起》。

再次跳过了传统"白蛇传"的情节，作为后传的《白蛇 2》发生在南宋末年，此时小白已经为救许仙被法海压在雷峰塔下，整部影片的剧情，便是小青的历险。怀着打败法海救出小白的执念，小青被法海打入修罗城幻境，数次危机中被蒙面少年所救，最后蒙面少年揭开面具，小青发现他长着一张跟小白一模一样的脸。少年牺牲了自己，将小青送出了修罗城，小青来到现代，又在西湖畔重遇小白。

《白蛇：缘起》的剧情虽然略显单薄，但传统东方风格的视觉效果还是令人惊艳；而与华纳合作的《白蛇 2》，糅以吉卜力、周星驰、梦工厂、《哈利·波特》、《疯狂麦克斯》乃至《阿凡达》等多种似曾相识的视觉元素，以一场接一场的炫酷打斗撑起剧情。

《白蛇 2》的主角由白蛇换为青蛇小青，一开场，小青败于法海之手，小白生下与转世阿宣（或许仙）的孩子，被法海压在雷峰塔下，小青发誓要救出小白。如是，修罗城幻境成了训练营，小青的执念是"救姐姐"，信仰是"力量"，任务是"让自己变强大"。她在修罗城中的历险，则是一场为了打怪升级而打怪升级的 RPG 游戏：先是增长技能，痛失盟友孙姐，随后与司马结盟入了修罗门斗牛魔王，后来又因要救蒙面少年被司马背弃，最后在蒙面少年和白狐相助下，由绿蟒变为蛟龙，至于"救姐姐"的执念，似乎是因法海肉身衰老而自然解决了。

与《白蛇：缘起》的"借壳上市"相比，《白蛇 2》对"白蛇传"的颠覆更为彻底。剧情之外，它的表达和形式不仅是现代的，更是当下的。赛博朋克风格的修罗城甚至不是隐喻，而是明喻——就差直接给城里的建筑物标上大厂 Logo 了。主角小青的所谓成长，完全遵循热血漫战的游戏逻辑（攒积分、激活互动、自由探索、开外挂），而非电影逻辑或自然逻辑，其他角色基本以 NPC（非玩家角色）工具人的面貌出现。既然整部影片概念先行，再以游戏思路组织铺陈，那么在持续的视觉轰炸中，前后断裂的剧情发展、不能自洽的内在逻辑和人物塑造的薄弱便已经不再重要。

虽然与"白蛇传"几乎没关系，但《白蛇 2》可看性强，热闹，"爽"。它不仅符合部分年轻观众的观看习惯，更极大地迎合了他们的观看期许。这部电影上映两天票房即过亿，两周后突破 4 亿。至于是否会有《白蛇 3》修补抑或忽略前两部留下的剧情空白，那要交给资本考量。

2

　　我国的四大爱情传说是"白蛇传""牛郎织女""孟姜女"和"梁山伯与祝英台"，其中"白蛇传"的情节最为复杂。

　　"白蛇传"的源头说法不一，有说自唐（《两唐书》记载"洛阳巨蛇事件"），也有说自北宋，但总是以一条吓人的巨蛇开始。及至明末，巨蛇在冯梦龙的《警世通言》中定型为美女，化作人形与书生缠绵，最后被佛法镇压，主旨是教人领悟"空空色色要分明"。

　　这个故事历经几百年口口相传，是神话世俗化的好样本。这个过程中，对自然的敬畏逐渐被解构，人们为猛兽涂抹上人间烟火，不知不觉地变恐怖为旖旎。

　　在我国，从盘古、女娲直到《阅微草堂笔记》，在"佛仙神人妖鬼"的严整层级结构里，佛与仙是轮回之外的，鬼是要害人的，唯有妖与人的关系一直微妙。

　　古时候的人，爱情与婚姻大概率疏离，有经济实力的男性谈恋爱上青楼，"骑马倚斜桥，满楼红袖招。翠屏金屈曲，醉入花丛宿"，但显然这是考取了功名之后的事情。寒窗苦读的酸骚文人便只能寄情于狐仙蛇妖树精花神……半夜红袖添香来。神秘主动又无需负责的艳遇，是一部分男性的终极梦想。然而读书人终究是读书人，意淫之后还是要自省的，于是无数吸人精血的妖女故事被炮制出来，劝人劝己，戒色戒欲。

而中国文学史上一切号称要教人看穿色空的文本,训诫之后无不只见"色","空"则遁入空空,只能待有缘人自悟。

可见,对于人类独享的七情六欲,肉身欢愉,人不仅自喜,还忍不住替妖渴望僭越,而这僭越一旦成功,威权意识又将翻身而上,化作佛仙,对之施加报应——在"白蛇传"无数个不同版本中,不仅许仙和白娘子,许仙和法海也有着种种前世因缘,几番转世,不仅为情欲,也为镇压制造着合理性。对伦理,对既有法则,"白蛇传"背后的大众心理充满矛盾,借妖之名放纵,再托佛之名整改,故事的撰写者却始终是人。

冯梦龙之后,白蛇传最圆满的一个结局是,许仙和白娘子的儿子中了状元,去雷峰塔前祭母,塔倒白蛇出,三口团聚,顺便收了小青为妾,四人团团圆圆一桌麻将,从此过上了幸福的生活。

这个故事发展到此处,六体贴地,神话意味已完全消解,先修人再修佛的大道荡然无存,妖之血腥与罪孽被一顶状元头衔轻轻推倒,个体是如此轻易地脱离了身份的器皿,在希腊神话直至莎士比亚构建的西方元故事中绝对不可想象,这是完完全全的中国语法。我们老百姓自己的神话叙事就是这样灵活机动,亲民而慈悲。

四大爱情神话里,以窥浴为开端的牛郎织女最后成了异地恋的星宿,孟姜女投海自尽,梁山伯与祝英台双双化蝶,其实下场都不大妙。唯有来到人间的白蛇,不仅有了白素贞这样清凉又妩媚的名字，甚至被亲昵地称为"白娘子"，深受人民群众爱戴。

在中国民间，白娘子近似于山寨版观音，集女性美、母性美和知性美于一身，温婉、贤淑，自带嫁妆、法术和小青，对丈夫百依百顺不离不弃，是最最理想的伴侣。

3

《白蛇》系列动画电影之前，演绎"白蛇传"的作品已多如牛毛。1992 年电视剧版《新白娘子传奇》中，赵雅芝扮演的白素贞应该是最接近大众想象的白娘子，加之时代滤镜和集体记忆加持，极为深入人心——虽然放到今日再看，这是要被独立女性扬弃的过时形象。

《新白娘子传奇》开播第二年，电影《青蛇》上映。

《青蛇》由徐克执导，改编自李碧华的同名小说。以青蛇为题及叙事主体，是李碧华的老辣。原著小说《青蛇》中，小青修行五百年，不像白素贞千年道行那么饱满，她幻化为人，妖性未消，身体是成熟的女体，对男欢女爱却仍旧懵懂，像是怀着一颗童心来到人间，视野和空间都比白蛇白素贞更大。

《青蛇》里的白素贞既不"素"，也不"贞"，她人形一成，便要"找个老实人相处"。小青目睹白素贞与许仙"相处"，唤起春心，于是诱惑许仙，与白蛇渐生嫌隙……

李碧华的妖，作人目的明确，就是要体味人类的七情六欲。至于爱——白蛇挑许仙，不过是人群中随意一瞥选了个面相英俊又本分的，老实，意味着听话，好控制。而许仙这老实人见白素贞惊艳，见了小青又惊艳一次。白素贞本相一露，他吓得死了；吃了灵芝复活，又马上"相处"了小青。法海来捉妖，许仙便将二蛇一起出卖，最后痛痛快快，被小青一剑刺死。

谁对谁都谈不上爱，没什么不二心。《青蛇》里不二心的是法海。法海的世界黑白分明，佛是佛，人是人，妖是妖，妖就是要收的。

李碧华的《青蛇》，核心是"欲"。青蛇白蛇作了人，都与许仙爱过相处过，认清了男人的懦弱自私和不堪，也认清了爱的不堪。几百年过去，雷峰塔倒了，世间换了天地，小青在断桥上寻到白素贞，两人向着民国男子，逛超市一般走了过去。

徐克是男人，《青蛇》转译为电影，被他往回收了收，电影《青蛇》的核心是"人"。法海不信妖能成人，白素贞金山寺前产子，凄厉地问他，"我依足了人的规矩，怎么就不是人？"电影结束在天地之间一滴水，那水其实是泪，小青为白素贞寻到许仙又杀了他，最后流下一滴泪，标志着小青终于习得了七情六欲，从妖修通到人。

要说女性觉醒和女权主义，没有比李碧华更彻底的了。原著小说《青蛇》里无泪无情只有欲，表面上是妖对人，实则是女对男的一场讨伐。

4

　　动画电影《白蛇》系列中，导演黄家康以一场经典的共浴场面向徐克和李碧华致敬。可这两部电影最本质的改动便是削弱了人妖之别，而那其实是"白蛇传"这故事的根基。

　　《白蛇：缘起》里，小白一出场便失忆，完全无察"妖"的身份，这使得她在与阿宣的恋爱中全无自体挣扎，也使得这场恋爱退化为一场单纯的少女少男之爱。小白蛇妖的身份被揭示，阿宣亦是毫无挣扎、毫不踌躇便为爱舍身变妖，从而彻底改写了"许仙"这个人物。之后，便是小白阿宣二人并肩面对邪恶势力的战斗。

　　将核心冲突转移，以"情"动人，《白蛇：缘起》以这种方式重现了"白蛇传"。一场只有敌我外部斗争的、冰清玉洁的凄美爱情，缺乏对自己、对爱对情本身的诘问，便如罗密欧与朱丽叶的哀歌，只能靠牺牲自己人来赋予这爱情以价值。

　　如果《白蛇：缘起》是以爱情的"情"作为叙事驱动，那么《白蛇2：青蛇劫起》便是以姐妹情的"情"（导演称之为"执念"）作为叙事驱动。在谈论《白蛇2》时，黄家康又说："小青更独立女性主义"，他认为小青的形象"接近现代女性"。

　　第一集里奋勇多谋的阿宣转世到《白蛇2》中，完全失声失能，导致小青愤恨地认为虚弱的男人无法保护姐姐，是姐姐爱错了人。她决心靠自己的力量救出小白，但到了修罗城，也还是先依附貌似强大的司马（甚至在后面的一个段落中由他牵着手走上山坡），后投靠神秘的蒙面男子。

进了修罗门，小青干的第一件事是沐浴，遇到司马偷窥，她转身将正面裸体对准他——这个镜头到底想表达什么？

在一部电影中，没有任何东西是无意义的。哪怕导演说不清自己的意图，在潜意识中，这仍是他所选择的表达。正如修罗城中，尽管所有负面形象都是雄性的，但所有女性形象的统一特征是"穿得紧、穿得少"。镜头忠实地沿着她们的身体线条上下移动。

最说明问题的，还是蒙面少年的处理。少年长着一张白蛇的脸，也被小青口口声声叫着小白。这个处理只能被理解为尽管小白小青互为"执念"，但小白必须转为男性，且如《白蛇：缘起》中一样失忆，否则小白对阿宣和儿子无执念，仅对小青怀有执念就无法说得通。而小青一边口口声声要离开男人，"变强"，一边将头倚靠在男性身体的小白肩上，似乎印证了女性处境的左右为难，强的孤绝与情的眷恋，该如何摆放？

当一部电影中女性形象的塑造要屡屡依赖"失忆"实现自洽，则意味着暗示她只有放弃自我意识才能达到目的，进而否认乃至剥夺了她处理内在冲突的能力。从这个意义上讲，对于"白蛇传"的表达，从1993年的《青蛇》到如今的《白蛇》系列，言辞上与时俱进，实质上却是由不乏激进的女性主义退行到茫然的语焉不详。

　　当然，单纯作为动画电影，《白蛇》系列是合格的。它不自觉地表现出来的拧巴恰恰是社会现状。而今舆论场中，男女两性的阵营对峙界限分明，这使得双方不得不将自己置于孤立无援之地，而正如影片中接近传统的小白和"接近现代女性"的小青，女性的个体差异和需求千差万别，在真实世界中实现各自的理想生活，不仅单枪匹马，还要冒着被误读、被凝视和被扭曲阐释的风险——尽管那表达的初衷满怀投诚的善意。

　　所以无需对《白蛇》苛责。因为此刻此地，无论男女，在性别议题上都不禁"时时刻刻不知如何是好"。《白蛇》只是恰巧忠于时代。

我们自己的双门洞

1

对于剧迷来说，想从《请回答 1988》中挑出一个最喜欢的人物，是非常困难的事情。

《请回答 1988》是韩国 TVN2015 年播出的 20 集电视连续剧，为导演申元浩和编剧李祐汀合作的"请回答"怀旧系列最后一部。与前两部（《请回答 1997》《请回答 1994》）聚焦于初恋不太一样，《请回答 1988》讲述的是 1988 年住在首尔市道峰区双门洞的五个家庭的故事，描写传统的亲情、爱情与友情。这是群像剧，主要人物和周边人物纵贯四代：青春少艾的"双门洞五人帮"（德善、正焕、善宇、阿泽、

娃娃鱼东龙）、他们的同学朋友，再加上杀伐四方的宝拉
作为核心，孩子们的父母一代作为辅助，还有老一辈（德
善的奶奶、善宇的奶奶）和小一辈（珍珠）点缀其间。

五个家庭是当时韩国社会的一个小缩影，德善和正焕
的家是最典型的韩国家庭，家里孩子多，父亲上班赚钱，
母亲在家操持家务；善宇和阿泽是单亲家庭；东龙家则是
当时不太常见的双职工家庭。贫富差距和不同的家庭结构
为人物塑造提供了丰富的背景资料，在不同的场景和关系
互动中，人物的不同层面便得以充分展现。

《请回答 1988》采取第一人称叙事，女主角成德善是
家中老二，夹在优秀的姐姐和弟弟之间，经常被父母忽视；
但她生性活泼善良，大大咧咧。

开场第一集的主要情节是，德善作为穷人家的二女儿，
又一次被强迫跟姐姐一起过生日，连自己的蛋糕都没有，
于是情绪崩溃，爆发了。在这场情绪爆发戏之前有很多细
节铺垫，吃早饭时妈妈给姐姐和弟弟煎荷包蛋，看到冰箱
里只有两个鸡蛋，德善就说，我不吃了，我不爱吃荷包蛋；
偶然发现每天弟弟单独去接爸爸下班，爸爸会给弟弟买冰
激凌吃；邻居叔叔送来炸鸡，妈妈将鸡腿分给姐姐和弟弟，
给德善一只鸡翅膀……浅浅几笔，二女儿的懂事和委屈就
出来了。而在同一天，德善练了好久的奥运会举牌，因为
马达加斯加临时不来了忽然被取消，这样，在晚上姐姐过
生日时，她的情绪爆发才显得合理，也特别让人心疼。

之后，爸爸买了生日蛋糕单独去安慰女儿，这个段落

动人，不仅因为那句后来成为金句的"爸爸也是第一次当
爸爸"的台词写得好，更因为情感把握的细腻准确。父亲
和母亲对孩子的情感不一样，爸爸不会像妈妈那样自然亲
昵，他有无法宣之于口的疲惫，更有对孩子的怜惜愧疚，
在说那些充满爱意的话语时甚至不能直视女儿，这笨拙的
表达才属于爸爸。

这场情感戏之后，紧接着的情节是全家不慎中煤气，
爸爸妈妈把姐姐和弟弟拖出来，又把德善给忘了……观众
看到这里，刚感动完，便哑然失笑。

《请回答1988》的高明之处便在于此，它不会一味煽
情，也不会一味搞笑，那些情绪点细腻而真实，不廉价，
不浅薄。在松散的架构和情节中，把普通的家长里短讲得
吸引人，塑造出有层次的人物，优秀的剧作是核心，再加
上优秀的表演和音乐、美术、服化道等等其他，才成就了
经典。

《请回答1988》的剧作最优秀之处，在于细节组织的
精湛。

比如，德善爸爸重复出现的镜头是下班后，习惯性地
踢碎家门口的蜂窝煤渣——中年男人的压抑和小小的发泄
跃然而出。剧集进行到后段，德善爸爸脚步踉跄，踢时失
去了准头，细心的观众会感叹，德善爸爸老了。

比如，德善、宝拉、余晖三姐弟平常不停争抢打闹，
让爸妈头痛不已，但作为大姐的宝拉会在奶奶去世时细心
地照顾弟妹，又会体谅家里条件不好，放弃自己的理想去

学师范；而每天对弟弟拳打脚踢的德善，看到弟弟被外人
欺负，二话不说便大打出手。比如，刚做完心脏手术的正
峰，麻醉醒来后第一句话是问弟弟的鼻血好了没有；又比
如德善爸爸终于还完了债，家里条件转好，改善生活的方
式是，妈妈把菜量加了好几倍，把那些便宜菜高高地堆在
盘子里……

《请回答1988》中，这样的细节不胜枚举，如果要深
入分析，每个人物都需要长篇大论。而这些细节无疑来自
对生活的深入观察，剧中的父亲、母亲、兄弟姐妹、邻居、
朋友……都提炼自我们共通的人生经验。大时代中的小人
物、邻里几家的日常，这种设定在影视作品中非常常见，
甚至可以说是俗套，《请回答1988》就是俗套，而且也没
有试图在俗套中翻陈出新搞什么幺蛾子，它很本分。人物
是虚拟的，情节是虚构的，但细节是真实可信的，带着我
们熟悉的气味，让每一个形象鲜活立体，可爱可亲，就像
我们已经共同生活了很久。所以，《请回答1988》能够唤
起最普遍、最朴素的情感共鸣。

2

《请回答1988》中，因为痴迷野菜拌饭，正峰在百潭
寺里寄居，11月23日这天，他偶遇了逃难的总统全斗焕。
那一集的分集小标题为"越界"。

2021 年 11 月 23 日，全斗焕在韩国去世。真实与虚构、大历史与小人物，在这一天轻轻地击了一下掌。

1988 年是韩国历史上特殊的一年。这一年，韩国承办了汉城奥运会，爆发大规模的学生游行，军政府领导人全斗焕下台……《请回答 1988》将回忆的起点设在这一年是有深意的，它承上启下，充满不确定，也充满希望。

全剧在汉城奥运会的主题歌《手拉手》中展开。德善担任举牌的礼仪小姐，穿着传统韩服在院子里练习。这便是《请回答 1988》处理历史的方式。《请回答 1988》将真实事件打散，贯穿全剧始终，让它与市民生活发生联系（如宝拉、善宇的婚事与"同姓同本"不能通婚的法律），营造出切肤的沉浸感。对于普通人来说，惊心动魄的大事件只是生活的背景，是电视中的新闻，而与朋友们分享拉面时的谈资，对我们的影响是具体的，潜移默化的。

45 岁的成德善回望青春，温柔的目光穿过岁月，落在了 1988 年。《请回答 1988》以德善的爱情牵出情节主线，故事在过往的时光中展开，朦胧的爱情和友情交缠在一起，青涩而懵懂。"到底谁是德善的伴侣"成为这部剧贯穿始终的最大悬念，到底是不善于表达情感的正焕，还是看似木讷自闭，其实坚定的阿泽？

《请回答 1988》大火之后，媒体采访过天才少年阿泽的原型李昌镐，问他怎么看剧中的阿泽，李昌镐说："我其实很羡慕阿泽，他有这些童年一起长大的伙伴，我那时候很孤独。"

在剧中，因为顾念深厚的友情，两个对德善怀有爱意的少年都没有在当时明确表示。好几年过去，少男少女长大成熟，在多次试错之后，真正有了掌控生活、承担责任的能力和勇气，才最终明确了彼此的心意。《请回答1988》中的少年之爱显得分外保守，不仅作为主线的德善，善宇与宝拉，正峰与曼玉的爱情也是如此——要知道，这可是一部2015年上映的电视剧。

如今看来，这保守不仅真实，也珍贵。它表达的是最传统的爱情观：谨慎选择，矢志不渝。

《请回答1988》在回答什么？剧中德善爸爸说："我们的一生就这么过去了。"对于双门洞的老一辈，孩子们的成长和幸福是他们的梦想，也是对岁月做出的回答。而在年轻一辈的心中，虽然整剧以爱情为主线，是在向自己18岁的青春作答，解决悬念，但在回忆的最后，德善说，最怀念的是当时"泰山一样的父母"。

与爱情相比，《请回答1988》中父母一辈的情感更为厚重深沉。双门洞的五个家庭互相陪伴，互相扶持，一起解决一个又一个的难题，真正体现了什么叫作相濡以沫，远亲不如近邻。

所以不仅仅是爱情，而是爱和情。因为携手共度过漫长的岁月，共同分享过几乎所有的生命体验，身边的人才不可替代。在快速变化的社会环境中，人们缔结出紧密而深厚的情感关系，使得双门洞像是一个互帮互助的大家庭。

《请回答1988》中回忆剧情的时间跨度将近十年，对于我国观众而言，剧中的怀旧氛围恰好与我们对八九十年代的记忆高度重叠。无论是红白机、卡带、漫画、流行歌曲、香港电影这些文化符号，还是"我们都有光明的前途"的信念——那是热火朝天的、自由的、积极的社会氛围：只要努力就会有美好的未来。而更为熟悉的，则是"双门洞大家庭"指代的社会形态：以社区为单位的熟人社会，充满浓厚的人情味儿。虽然剧中的生活方式不一定熟悉，集体记忆也未必能共享，但那些被唤起的悲欢和乡愁是共通的，超越了时代与国别。

3

《请回答1988》的最后一个镜头，是德善回到了双门洞，经过已经破败的房屋和街道，推开阿泽房间的门——儿时的小伙伴们和当年一样，正并排坐在那里呼唤她："德善，快来啊！"

这一幕让人泪下，因为这是2015年对1988年的呼唤，是对业已逝去的情感形态的缅怀。《请回答1988》整剧以回望的姿态讲述过去，细数当年的亲情、友情和爱情，讲述人已到中年，搬离了当年的大家庭，建立了自己的小家庭，有了自己的子女，他们的后代已不可能在父辈、祖辈曾经历过的那种生活模式中长大。

与《请回答1988》相似的剧集，美国有《老友记》《生活大爆炸》，我国则有《我爱我家》《东北爱情故事》和《情满四合院》等等。这些剧集的共同点，表面看，都是温情的轻喜剧（情景喜剧），而其内核，则是传统熟人社会的影视化表达。它们营造的是这样一种意识形态：在凶险的大社会环境中，我们能够为自己营造出一个紧密坚实的小团体，无论是经济上，还是精神上，团体为我们提供坚实的后盾，作为打拼之余的加油站和安全港湾。

这也是它们能够成为经典，能够一直慰藉我们的本质原因。从心理层面去解读，它们抚慰的不是其他，而是最致命的孤独感。

然而，事实是社会发展和都市化早已改变了我们的生活模式，家庭和社区作为社会的最小单位，无论是实体还是概念层面，都已趋近瓦解。"家庭"这个词，在近些年的影视剧作品（如《都挺好》）中，不再能成为安全港的象征，而更多是作为个人发展的拖累，成为打拼的对象而非后盾。

——双门洞早已不再，在原子化生存的今天，我们该去何处寻找情感加油站和安全港湾？虚拟社区还是社交APP？

这个凛冬，让我们重温《请回答 1988》。它是一部虚构作品，但它仍是一部基于真实世界的现实主义作品。现实主义的要义在于"真实地再现典型环境中的典型人物"，仔细品味，你会发现，如果用当下流行的视角和语言去表达，它完全可能是另外一个模样：重男轻女的父母、不被理解的个人追求、被社会淘汰的危机、底层生存的挣扎、相互错过的爱情……而《请回答 1988》中只有苦涩的事件，没有苦涩的人物。这部剧中每个人物都可爱的原因恰恰在于无论性格、处境和身份，每个人都在付出理解和爱。

正因如此，才有了让人无限怀念的双门洞，才有了在当下的呼唤中，仍能够作答的 1988。

俗，但不恶俗，真实自然，贴近生活。《请回答 1988》里没有完美的人物，也没有宏大的叙事，情节是虚构的，结局也是套路的，但我们仍一次又一次地被它感动，一次又一次地从中汲取到力量，因为这部剧是我们对生活的美好心愿，是岁月中的爱与温情。它不仅是记忆，还是理想。在冬日重看《请回答 1988》，它提示我们，生活不是轻喜剧，在生活中起决定性作用的不是经历，而是对待经历的态度。为将来的自己预备答案，答题人只能是我们自己，这需要耐心，也需要勇气。因为我们应该，也必须有自己的双门洞。

中国人的史与诗

它令我觉得亲

这是我理解的中国人的不那么遥远的过去

是家是族，却有史无诗

幸福在哪里

1

本世纪初的那几年，是海岩剧的巅峰时期。

作为作家的海岩从 1985 年的正剧《便衣警察》开始试水，中间经历了情景喜剧《海马歌舞厅》的失败，到《一场风花雪月的事》（1998 年上映），"刑侦＋言情"的类型初步确立，直至"生死恋三部曲"（《拿什么拯救你，我的爱人》《玉观音》《永不瞑目》），"海岩剧"已经成为品牌。

《玉观音》是三部曲中最晚改编上映的。剧中女主角为年轻女警安心，安心美丽善良，但是在云南小镇实习期间不甘寂寞，背着未婚夫与当地青年毛杰恋爱交往，竟致怀孕而不自知，最终导致了大悲剧。在一场缉毒行动中，安心发现毛杰是个毒贩，同为毒贩的毛杰父母死于缉毒行动，安心的丈夫则因此被毛杰枪杀。之后，安心带着她和毛杰的孩子来到北京，隐姓埋名地开始另一段生活，从而认识了男主角杨瑞，但过去的阴影始终笼罩着她。

在我国的影视剧中，我从未见到作者对女主角的出场设定下如此狠手，简直是置其于道德洼地的最低点。

相对于女主角，男主角杨瑞的形象好一些，但也离优质甚远。认识安心之前，杨瑞是个胸无大志的北京青年，基本上靠吃软饭活着。他对安心产生兴趣，纯粹是被她清纯的、"处女一样的"外表吸引。追求安心时，杨瑞身边还有一个有钱又强势的、已论及婚嫁的女朋友钟宁。

《玉观音》的开端是杨瑞在婚礼前夕抛弃了富二代未婚妻贝贝，从加拿大返回中国寻找安心。以杨瑞的找寻之旅为线索，逐步展开追忆，交代两人的往事。如是，直到整部剧的中段，观众们才看到安心和杨瑞倾心相爱，也就是从此时，两名主要人物的自我救赎和成长才开始。最终，安心遵循内心的呼召，重新成为一名工作在缉毒一线的警察，而杨瑞则回到他们的爱情的原点，独自守候。

是个复杂且分外激烈的故事。

海岩早期还有一部小说《死于青春》，其中有句大俗话：早死早托生，辈辈活年轻。因为尚不知生死，所以不管不顾，拿一生换一时也干，这是青春的迷人之处。海岩应该是很迷恋青春，他笔下的男女通常都极年轻，实际上，只有非常年轻才有可能犯下那些错误，也只有非常年轻，才有可能说服观众他们会那样对待生活和生命。

拍摄《玉观音》时孙俪年方 19，这是她的处女作。而另一主演佟大为当时也不过二十出头，两人都正值青春少艾，是正经的新人。孙俪演少女妈妈，佟大为演女人一见就生扑的公子哥儿，都非常有说服力。青春不仅仅是美貌，那种又勃发又决绝的气息是装不来的。

《玉观音》中的爱情不是完美的爱情。一个背负着巨大罪责的女孩遇到了一个好吃懒做的小白脸，他们相爱了。实际上，爱情本身并没有任何可歌颂之处，动人的是相爱的人为爱所做的事情。

《玉观音》花了相当篇幅去展现安心和杨瑞的具体生活。相爱容易，而生活总是艰难的。脱离了家庭和女人的帮助，杨瑞去干体力活儿养活自己的爱人和她的孩子，饱经创痛的安心为了营救被冤入狱的杨瑞，卖掉了家乡的老宅，最后，两人还要面对毛杰的追杀……被爱情激发的勇气和坚韧最终博得了观众的同情。

好的爱情不是两人抱在一起沉沦，而是共同成长，共同面对真实的生活，面对自己犯下的错误并为之付出代价，从而拓宽生命的深度和广度。安心和杨瑞的爱情之所以动人，正是由于其不完美。

与海岩的其他作品一样，《玉观音》有设计精巧的刑侦剧情线，但在我看来，爱情线是本剧的精髓，一对殊不可爱甚至不乏可厌之处的男女，因爱而蜕变，而有所担当，共同面对逼近的命运，哪怕观众很清楚剧中惊心动魄的人生纯属虚构，这种具有普世性的情感仍能很容易地唤起共鸣。

在主要人物之外，《玉观音》的配角也个个可圈可点。贪财好色但又还有点义气的刘明浩，英勇坚毅的潘队长，深沉的钟国庆；还有，要不是看演员表，真没发现那个泼辣又不乏俏丽的钟宁是海清演的……甚至剧中最反派的毒贩毛杰，他也不会让人简单地归类为恶棍。毛杰与母亲的亲情，对安心的痴情，都在提醒着观众，他是一个人，也有人性。这些人物，跟安心和杨瑞一样，很难定义为单纯的"好人"或"坏人"，他们有优点也有缺点，真实得仿佛身边的某某，让我们感到熟悉。

剧情之外，《玉观音》最杰出之处，就是在奇情故事中塑造了这些立体可信的人物，让七情六欲落了地。当然，那也要归功于当时国剧正值现实主义的黄金时代。在本世纪初。

2

2003 年，孙俪和佟大为因为《玉观音》一炮而红，海岩本人也靠此剧拿到了金鹰最佳编剧。同一年，继创立"海润影视"之后，海岩加盟世纪英雄电影公司，并成立了"海岩影视工作室"。这标志着这名前军人、警察、作家兼企业家，将自己的事业中心明确转移到了影视行业。

那几年海岩不仅是电视剧界的收视保障，还是造星能手。因此，海岩经常被拿来与琼瑶作对比，甚至一度被命名为"大陆男琼瑶"。

海岩的红，可以说是各方条件风云际会，其中最重要的原因，则是"刑侦＋言情"这一类型的确立——即在风花雪月中注入大量现实主义元素，以悬疑剧的模式来讲述爱情故事。看腻了琼瑶式的煽情，这种全新的形式牢牢抓住了当时年轻观众群体的注意力。而若干年后在脱离刑侦叙事时，"海岩剧"便也逐渐式微，风光不再。

今日回首再看，当年海岩剧的刑侦／悬疑剧模式中，其实很有一些颇具前瞻和实验性的尝试。

海岩剧通常以女性作为第一叙事驱动力；剧中人物，特别是女性人物，往往并非传统意义上的正面形象；剧中的道德标准也经常是含混的、善恶交织的。如开山之作《一场风花雪月的事》中女警吕月月与罪犯私奔；《拿什么拯救你，我的爱人》中的罗晶晶则有欺骗利用他人感情的嫌疑；《永不瞑目》虽然扣着缉毒的帽子，然而事实上，肖童愿意去当卧底甚至奉献自己的身体，大部分出于他对女警察欧庆春的爱情。据说在挑选肖童扮演者时，陆毅最终胜出陈坤，就是因为他看上去更乖更无邪，在剧中吸毒堕落能带来更震撼的效果。

从这个角度看，可以说海岩剧具有某些黑色电影的特征。这样的情节和人物设定即使放在今日也仍然是先锋的。

海岩剧的这些特征，每一条都在《玉观音》中达到了峰值，之前剧中女主角的道德问题：虚荣、意志脆弱、屈从于情欲等等，安心全部具有，且有过之而无不及。但同时作者又将大量美好品质赋予了她：温润、坚韧、善良、坚强……在剧中，作者先是通过安心自己的口说出了评价："我是个狐狸精，男人沾上我都要倒霉"；而在结尾，又通过最正面的人物潘队长之口给予了最高级别的肯定："这辈子我佩服的人不多，安心算一个"。

在以往乃至以后的国剧中，极少看到这样沉重的人物进化轨迹由女性角色来完成。特别是《玉观音》的结尾，安心重返贩毒一线"上马安天下"，后方痴心守候的却是男主角杨瑞。"刻板的性别印象"被彻底颠覆了。较之后来的所谓大女主剧，《玉观音》无疑已经走到了很前方。

所以在我看来，《玉观音》是最"海岩"的海岩剧。作为大众文化消费品，海岩剧的核心价值也在于此——哪怕必将带来争议，唯有多往前迈几步，才有可能进行稍微深入的、人性层面的探讨。

3

截止到目前，《玉观音》共有三个影视版本，其中2003年的这一版被公认为最成功的版本。时隔近二十年，这部剧仍被许多观众评为海岩剧之中最佳。在当时，1300万的投资确属大手笔，导演丁黑、配乐作者叶小纲也都是上上之选，但 2003 剧版《玉观音》的成功，在我看来，最终还是要归结到故事和人物本身。

海岩与其他作家的最大区别，大概是他的很多小说在创作时即带有明确的电视剧改编指向，到后期他甚至直接略过小说创作阶段，将剧本直接出版。2003 版《玉观音》几乎是小说的全盘翻译，甚至结构都没做变动。唯一肉眼可见的改动是将女主角安心与毒贩毛杰的交往模糊化，交代为酒后的一夜情，而在原著中两人确是谈过恋爱，上过很多次床的。

可见在电视剧改编时，导演和编剧都考虑到了女主角的形象。

海岩在一次访谈中谈及安心这个人物时曾说过，"一个女人是否纯洁跟她和几个男人上过床没有关系"。话虽如此，在电视剧改编时，安心与毛杰的交往细节还是被弱化了，估计是考虑到了电视剧主流观众的价值观。但其实没什么用，一切均始于女主角的不伦之恋，不仅出轨，安心还在婚姻中生下了她与毒贩的孩子，这是矛盾爆发的焦点和核心，改无可改。

海岩还曾表示，安心是他本人最喜欢的女性人物。

如何对待笔下的失节女性（无论其失节是否自愿），一直都是男性作者绕不过去的问题。在古典主义时代，"罪的代价是死"，《包法利夫人》和《安娜卡列尼娜》都注定必然是悲剧。托尔斯泰再惋惜无奈，安娜也是要投身火车轮下的。到了近现代的通俗文学，金庸先是将求而不得的夏梦的影子投射到小龙女身上，然后安排她出场没多久即被强奸，在他原先的设想中，小龙女是跳崖身亡的，最后不堪读者恳求只得重新安排圆满结局，然而还要用 16 年的夫妻分离去消解层层道德压力。

个中创作心理，实在值得玩味。然而剥去性别元素，这个问题的本质是：犯错的人该不该以及如何获得幸福？

作为电视剧集的《玉观音》在处理这个问题时，所触及的是三层心理：第一层是作者本人的价值取向；第二层是人物本身的心理走向；第三层，也是最重要的，是观众的观看期许。

《玉观音》最终安排了一个开放式的结尾。剧中，安心的自述是"无法在丈夫和孩子死后再享受快乐"，于是她主动放弃爱情，放弃了一切俗世幸福，将自己献祭于宏大的理想，以这种方式去进行她的自我救赎。

不得不说，这或许是当时最符合大众心理的结尾。

2011 年翻拍的《玉观音》电视剧则是大团圆结尾。同时，剧中删去了安心的丈夫，杨瑞对富家女的追求丝毫不假以辞色，毛杰根本不知道家里贩毒。这是道德的升华，还是人性的端正，不好判断。

反正电视剧永远是时代之声。如果电影是梦，电视剧就是人间烟火，我们在其中看到自己，偶尔认同，偶尔警醒。但如果所谓的认同仅限于对美好的品质，则这种认同何其单薄。

批判比理解容易。那些从不迷惘，在生活中从未经历过任何诱惑和选择的观众是何其幸运，他们永远不犯错，永远不需要考虑关于幸福，永远立于高地，可以在看电视剧的时候伸出手指，大言炎炎地说："渣女 / 男"。

重看 2003 版《玉观音》，我想到维特根斯坦那句话，"只有非常不幸的人才有怜悯别人的权利"。

小镇西施与抒情诗

在很久以前的中国，文艺青年们只去青楼谈恋爱——那个时候的女界分工明确：妓是用来调情的，隔壁处女是用来瘑寐思服或翻墙搂抱的，老婆是用来怀念的，当然，在她死后。

三纲五常一乱，有趣的事情就要发生。

高中物理课，偷读《水浒》西门庆与潘金莲勾搭成奸一节，西门庆佯装捡酒杯握住潘金莲的小脚，正读得心旌摇曳，被老师没收了课外书。那一握于是无限地荡漾开来，亦妻亦妓的潘金莲没了下落。后来续读武二杀嫂，怅然若失，那淫妇就这么死了？不可惜吗？——兰陵笑笑生大概也是这么想的。

看《白日焰火》，深夜里桂纶镁走在

站台上，活生生地让廖凡的前妻借尸还魂一次，彻底乱了他的心。后面的故事全启于此刻，好比整部《金瓶梅》生于西门庆那一握。而那一幕之暧昧节制，戏剧性不绝如缕。看在眼中，想起的却是潘金莲开窗子。

诚哉永恒的女性领导人类前进。半裸的克拉拉·莱辛举三色旗，狐狸精惑主破国，这些是国色天香，鬓发里缠绕人间烟火的却全是潘金莲和小镇洗衣店里的少妇，她们是小地方的传奇，鸡犬不宁的流言，她们不动声色地挑逗世情，让人们干下毁尸灭迹的大案。

有朋友看完《白日焰火》说，桂纶镁担不起这角色——她太轻，太薄，太寡淡。她的美属于都市里的文艺心，那小眉小眼如何负担王学兵和廖凡两个大好直男的恩情。想想有理，所有小镇里的西施，大概都该像张爱玲笔下的七巧一样厚实有力，充满生命感。而毫不文艺的民间人士评论这一类女性，则一针见血："命硬"。

老一代的电影中，最为出色的小镇西施是刘晓庆，她的美乡土中带点糊涂，仿佛美人唇上的小胡子，让人吓一跳，又忍不住再看一眼。《芙蓉镇》里姜文半夜攀窗进去，露出惨白的屁股，观众看了再看，点点头：理解。而新一代里，赵涛和秦海璐最为值得圈点。《站台》里赵涛在墙根下梗着脖子拒绝王宏伟的求爱，一句句话逆着风出来，鼻子都红了，话还没说完。而秦海璐在《钢的琴》里跳上自行车后座，腰线扭得妩媚多端。这样的女性才真正领导人类前进——她们那些小风情和小委屈，足以在小地方掀起大波浪，里面全是家常人气。

《白日焰火》中我最为喜爱的一场，是桂纶镁将骨灰倒在树根下。导演的隐忍从那点诡异开始直到片尾，颇有科恩兄弟的沉着。相比之下，张静初在《孔雀》里一把拽下自己的裤子简直不可理喻，而贾樟柯居然让赵涛在《天注定》中扮演栗山千明——文艺男青年的抒情总是坏事。

可是我原谅他们。这是写给小镇西施的抒情诗。在正史中潘金莲早早地死了，后面由一帮关系暧昧的壮汉去忙些国计民生的大事，真正无趣。小镇西施的使命其实与所有祸国殃民的名美女无甚区别，男人为她们离婚、偷情、杀人、放弃梦想和艺术，耽误正经事。她们是所有遗憾的借口，又因为不那么极端而惹人爱怜。

《白日焰火》的节制被最后大白天四处乱飞的烟火破了功，抒情诗写到最后忽然出了朗诵腔，实在是败笔。我宁可它停留在廖凡的独舞。小镇西施硬硬的命在人们的口水中像饼干一样软化，被咽了下去。然而我们料得到结局：包法利夫人哀哀地死了，外省精子于连正胸怀大志地踏上征程，预备握住伯爵夫人雪白的乳房。洗衣房再没了那条红围巾，猥琐的老板和方圆十里的小流氓们瞬间空虚——这实在是世界性的小悲剧，不至于让人喟叹，却念念不忘。

而许多艺术便诞生在此时，当伟大的男人们踏着小镇西施的眼泪，原地旋转，白日飞升。

被背叛的《烟雨濛濛》

琼瑶一生创作小说 67 部，言情教母，当之无愧。

《烟雨濛濛》是非常早期的作品。这本小说出版于 1963 年，那年琼瑶 25 岁，刚结束了一段失败的婚姻，情绪及财务状况都不佳，虽然于前一年出版了处女作《窗外》，但因这部小说的自传性质，又遭受不少非议。也是因出版《窗外》，琼瑶结识了她日后的第二任丈夫平鑫涛，然而平鑫涛当时有妻有子，在修成正果之前，琼瑶即将背着"小三"的骂名与之苦恋长达 16 年。

用琼瑶自己的话说，"当时……遭遇了太多的大风大浪，生活里充满了挫折和痛楚，脑海里只有悲剧"。那个时期，琼瑶的作品如《窗外》《烟雨濛濛》《六个梦》等大多是悲剧。

在这些悲剧作品中,《烟雨濛濛》仍然是比较特殊的一部。

它采用琼瑶作品中不太多见的第一人称叙事,较之后期作品甜腻的语言风格,《烟雨濛濛》的文笔堪称清新。最重要的是,与其他作品中"爱情大过天"的主题不同,这部小说,通篇说的是"恨"。

故事发生在台湾1960年代。女主角"我"陆依萍是个感情强烈、性格执拗的少女。她的父亲是昔日的东北军阀陆振华,陆振华妻妾成群,但在幼时依萍和母亲便被他抛弃,生活十分困苦,目睹父亲和小妾王雪琴一家在大宅中的奢华,依萍心存怨恨,发誓报复。

陆振华与王雪琴另有两女,如萍、梦萍,两子,尔豪、尔杰,其中如萍大依萍四岁,是个性格懦弱但善良的少女。如萍爱上了男青年何书桓,依萍见状,有意去接近何书桓以伤害如萍,作为对父亲一家的报复。何书桓很快爱上了依萍,而依萍也不由自主地爱上了他。甚至陆振华也逐渐对这个酷似自己的倔强女儿萌生了父爱,但依萍心中恨意无法消除,终于导致此后一系列悲剧。

在得知依萍接近自己的初衷是报复陆家后,遭受情感重创的何书桓愤而转头与如萍订了婚,见依萍伤心到神志不清,又马上舍弃如萍回到了依萍身边。此前,依萍探听得知王雪琴在外与人私通,幼子尔杰也并非陆振华所出,因为依萍的告发,王雪琴与走私犯情人洗劫家中财物后私奔逃走，最终被捕入狱，尔杰被送入孤儿院。

如萍先后被未婚夫和母亲抛弃，精神完全崩溃，用父亲的手枪在家自杀身死。因为依萍和书桓未及时相助，梦萍被流氓诱奸导致怀孕；而经受了这一连串打击的陆振华最终家破人亡，孤独地死在医院里。

依萍的报复实施到最后，已经完全失去控制，她自身也在情感撕扯中痛苦不堪。书桓无法在诸般变故后继续面对依萍，决定出国留学。小说的结尾含混不清，依萍收到书桓从纽约写来的信，"我们并不是犯了大过失，只是命运弄人……时间或可治愈一些伤口"。但是，"窗外，濛濛的烟雨仍然无边无际地洒着"。

《烟雨濛濛》全书贯穿"烟雨"意象，调性压抑阴郁，隐隐致敬书中依萍提到的《呼啸山庄》。军阀陆振华的家族悲剧又与家国变故遥相呼应，赋予了小说难得的历史纵深感。但让人印象最深的，还是这个故事极强的悲剧性。

《烟雨濛濛》中，几个主要人物的性格异常强烈，情感也异常强烈。而最终无论主要还是次要角色，无一人得善终。

依萍渴求父爱，也渴望爱情，但她的爱只会以伤害他人或自伤的形式去表达；陆振华深爱初恋萍萍，在萍萍死后不断寻找替代品，得到后再肆无忌惮地抛弃，以填补内心的黑洞；本要用爱去治疗依萍的何书桓却被依萍同化，以利用如萍的方式去报复依萍，直接导致了如萍的自杀。而柔和的、善良的女性，均极软弱无力，如依萍的母亲文

佩和如萍,只能眼睁睁地看着自己被恨的巨轮搅碎。甚至
连书中的配角、依萍的好友方瑜,全书中最清醒冷静的形象,
最终也因爱而不得,放弃所有世俗生活,去做了修女。《烟
雨濛濛》对爱情,是全然绝望的。

陆振华的葬礼结束后,梦萍向依萍大叫发誓自己会报
复,正所谓"种瓜得瓜",至此,这个以恨为名的故事形
成闭环,也走到了结尾。

恨的背后,是难以承载的爱之尖锐,但悲剧背后绝非
"命运弄人",而是人们在互相残杀,人们在滥伤无辜,
被将彼此裹挟着的命运一步步拖入深渊,这使得它具有一
种彻底的必然性。琼瑶在人生低谷写就的《烟雨濛濛》,
原本是这样一个严厉的故事。

2

《烟雨濛濛》的影视改编版本有 4 个之多。其中 1966
年由王引执导、归亚蕾主演的同名电影最为忠于原著,甚
至比原著更为彻底。电影结束在书桓出国前与依萍的诀别,
最后一个镜头是依萍对着镜头,发出歇斯底里的大笑。

小说改编的电视剧,则以 1986 年刘雪华主演版本和
2001 年赵薇主演版本最为著名,其中后者是当年的国民剧,
影响一直延续至今。

在刘雪华主演的 1986 年版《烟雨濛濛》中,原著被柔

化了许多。除加入李副官一家人和丑角徐超之外，最重大的改变是将结尾修改为书桓在出国前幡然回头，与依萍团圆。这个版本的改动，不乏生硬感，很大概率是为了迎合当时年轻观众的观看心态，虽然调性仍不免阴郁，但原著那种凄厉的悲剧性几乎被消解得所剩无几。

到了 2001 年，趁着前一部席卷全国的《还珠格格》余热未消，琼瑶卡准时机，携《还珠》原班人马，重拍《烟雨濛濛》。

这个版本的气质，从标题即可窥见：《情深深雨濛濛》。

《情深深雨濛濛》最大的改动，是将背景从 1960 年代的台湾前移至 1936 年的上海。

剧中故事基本照搬 86 版，若干重要场景的对白甚至丝毫未改，但在人物设定和情节发展上做了大幅度扩充，想必为了迎合刚从《还珠格格》中跟过来的观众，增加了相当篇幅的打斗戏和闹剧戏。

《情深》剧中，如萍不再是个懦弱的大小姐，而是改为内柔外刚的时代女性。依萍、书桓、如萍形成了稳固的三角，任由书桓的一颗心在三角内部做布朗运动；86 版本中的丑角徐超变身为如萍的忠犬杜飞，专门负责在每一集中出糗搞笑，为这部剧集贡献了超出三分之一的垃圾剧情。此外，李副官一家这条线进一步复杂化，原著中皈依天主的方瑜被安排与尔豪恋爱，李副官的女儿李可云作为尔豪的初恋，因丧子而疯，再与方陆二人形成另一三角。陆振华、文佩和雪姨的故事则在回忆和当下穿插，形成老一辈的三角……

　　然后，又增加了一个亦正亦邪的人物，"大上海"的话事人秦五爷。秦五爷在剧中相当于陆振华的影子。从收留依萍在"大上海"登台献唱开始，哪怕每次依萍来"大上海"必搞得兵荒马乱，秦五爷也仍对她一直无限度地包容支持。

　　在剧中，除现实功能外，秦五爷这个角色承担的功能是感情分流，给予依萍某种意义上的父爱替代品，这样，依萍对父爱的渴望就不至于越来越焦灼，为之后的彻底转变留下了空间，这是《情深》的新增人物中唯一有效的，因其确实担负着逻辑抹平任务，而非单纯的情节填充。

　　最终呈现的《情深深雨濛濛》，虽然沿用了骨干情节，但与原著的核心表达已无任何关系。《情深》里的爱恨情仇，其表达形式是更为夸张的表演风格（较之前几个版本），更童话化、更缺乏现实感的情节设计——譬如一伙人为了医治可云的精神病，花了大量金钱时间精力去搞情景还原帮她"找回记忆"；譬如战场上杜飞做紧急手术没有麻药，被如萍一吻封印。这种异想天开的桥段比比皆是。

　　原著中最重要的场景之一，是依萍得知如萍和书桓订婚后，神志恍惚地在大雨中自沉于他们过去共游过的碧潭。在依萍和如萍的爱情竞争中，依萍以终极自毁手段一举夺回爱人，这一幕实质上在召唤着如萍的自杀，是迈向深渊的最后一步，从此就不能回头。而《情深深雨濛濛》中，一身白旗袍的依萍爬上外白渡桥的栏杆，然后在观众的注视下，挥舞着红纱巾，翩然跃入黄浦江。

随后，一声炮响，卢沟桥事变来了。琼瑶借如萍的口直接一身正气地宣布："在民族大爱面前，我们这些小情小爱算什么呢？"于是，所有冲突矛盾烟消云散，大家一起拿出之前搞恋爱的满腔狗血去搞革命，待得战胜，各人各得归宿，三军过后尽开颜。

外白渡桥目前已成著名网红打卡圣地："依萍跳河处"。整部《情深深雨濛濛》的基调便是如此，一种类童话剧的煞有介事，热热闹闹，吹吹打打。这种风格明显的间离效果，使得观众如外白渡桥上围观依萍的群众一样，舍弃了深度代入和共情的可能。

就这样，《情深深雨濛濛》以其甜腻的对白、夸张的表演风格和大团圆的结尾一洗琼瑶剧"苦情剧"的标签，重复《还珠格格》获得巨大成功的喜剧风格，彻底消解了原著小说中的严肃性和文学质感，以轻盈甜美的娱乐气息，欢蹦着迎向新世纪的新一代观众。

3

创作者们将自己悄然打散、变形、解构，经由复杂而神秘的编码系统，转译至创作中去，构建全新的小世界。在这个世界中，TA 自己无迹可寻，却处处都在。这个世界的广度和深度，则由 TA 心灵的广度和深度决定。

从这个角度而言，对作品的观看和解读，即是在审视作者的人生。

至于琼瑶，她确是在用自己的人生在写作——以一种非常浅表的方式。她的人、她的生活与作品高度契合，二者两相映照，几乎毫无秘密可言。就像她自己所说："有人说我的小说假，我的故事假，可我的感情是真的，就像圣诞树，明知是假的，叮叮咚咚，闪闪发光，每个人都爱看……"

当年的《烟雨濛濛》，可视为青年琼瑶写给全世界的一封"恨情书"，决绝，丝毫不留余地，其中的自我表达直率而丰满。而那之后的作品中，背负着"婚姻破坏者"骂名的琼瑶开始隐晦了——纵使这隐晦一目了然，谁都看得出她在说什么。

她以各种各样的方式诘问着婚姻制度，她笔下的"小三"总是楚楚可人，原配夫人几乎从未有过正面形象，而对那个用情不专的男人，她始终有爱有怨，暧昧不决。

如对陆振华。这位当年极具男性魅力的"黑豹子"走到暮年，纵使妻离子散家破人亡，也还要在死前吐露一回心声，让观众同情地看到他的真爱，也还有个始终爱他的文佩陪在身旁。在最后一次改编中（《情深深雨濛濛》），琼瑶则让他公然死于民族大义，成了抗日英雄，就此消了弃妇亡妻的业。

现在看来，琼瑶的作品距离真正的文学尚有很远的路要走，而其中的爱情观、伦理观也远算不上健康，但年轻观众们对爱情故事的喜爱，很大程度上被缘分左右——所谓的缘分，就是在某种状态中恰好碰上了契合该状态的作品和创作者，该作品便会一直被灌注浓郁的个人情感，进而形成对观念和行为模式的塑造。这是观众的"印随效应"。

20 世纪 80 年代，琼瑶在大陆第一次走红，成为一代年轻人的爱情启蒙，那是"大地开化河流解冻"的时势使然。在那个时期，琼瑶的矫情、甜腻和不切实际赶上全民范围的情感饥饿，"大众心理赤裸裸地展开它的渴望"[1]，可说是歪打正着。

而后随着大陆电视剧的蓬勃发展，琼瑶剧风靡全国，除了爱情读本，带来的更多是商业片的运作范式。到了1998 年，《还珠格格》以近 65% 的恐怖收视率宣告琼瑶作品达到第二个高峰。从文化产品的维度去审视，《情深深雨濛濛》可以看作《还珠格格》的周边。在全民娱乐情绪高涨的 20 世纪末，不客气地说，它无疑是尝到了甜头的琼瑶的一次迎合之作。

——也是最后的辉煌。《情深深雨濛濛》和同年播出的《还珠格格Ⅲ》后，2007 年的《又见一帘幽梦》是最后一部具有国民讨论度的琼瑶剧。而后，便是互联网带来的网文、宫斗和穿越等新模式的野蛮生长了。

早在 1964 年，25 岁的琼瑶曾以其年轻的直感，在原著《烟雨濛濛》提出了一个值得探讨的严肃问题："我们

1. 马青, 林珊珊. 几度琼瑶红 [J]. 南方人物周刊, 2007(21).

该怎样对待自己的恨？"原著小说中，她自己的回答是"爱情不解决问题"。而在1986年，她与平鑫涛终于成婚7年后，无论出于对大众娱乐的妥协，还是在生活中修正了自己的观点，第一版电视剧《烟雨濛濛》以男女主可疑的团圆作为结尾，但它并没有真正解除他们心中的重负，即，作为那些悲剧的始作俑者，我们该怎样面对彼此及获得幸福？

而实际上，2001年的《情深深雨濛濛》确实在核心剧情中给出了一个令人信服的，解决问题的方法：战争。

在前后所有版本中，到故事的后半段，依萍对陆振华的感情已经非常复杂。在自身不断壮大的过程中，一个老去的、脆弱的，对自己呼唤着爱的父亲形象，足以使她的恨意在现实中减弱乃至消失。然而主宰她的行为的那股强烈力量，来自她内心深处那个得不到父爱的自己，她无法与之和解，也就无法理解和接受母亲的无怨无悔，她不能平和地享受爱情，而必须将自己的爱情生活搞成一场扭曲的竞价，她始终焦灼，直至裹挟了周边的一切。心灵成长如果无法在一段亲密关系中进行，则只能依赖外部环境的巨大变化去促进。琼瑶将整个故事的背景挪到抗日战争时期，以《倾城之恋》的方式，解决了它对原著的超越。从创作角度而言，这是一个经过生活历练的、成熟的女性对自己青年时代的反思。

可惜的是，娱乐化的2001版《情深深雨濛濛》不仅颠覆了原著小说，在某种意义上，也背叛了它自己。

倏忽今日，《情深深雨濛濛》播出二十余年，琼瑶式爱情观及爱情读本模板不消说早已过时。但神奇的是,《情深深雨濛濛》并未从大众文化领域消失——它以表情包、以语录、以标签(绿茶如萍、渣男书桓)……延续着生命。这种碎片化生存的代价是,几乎已经不再有人认真对待它,哪怕是那些将其视为爱情启蒙的初代观众。它已经且也只能,作为被戏谑的对象,持续存在下去。

于是在这本该是迭代却沦为消解的过程中,我们成功地规避了所有深度思考。不得不说,这是一场有趣但不乏遗憾的轮回。

自说自话的青春赞歌

1

2015 年《欢乐颂》大火，意味着当代都市女子群像剧建模成功。之后几年，《二十不惑》《三十而已》等剧无不在顺延余波，瓜分红利。大城市中女性抱团成长的故事，成为现实主义题材剧集中最易出"爆款"的类别之一。

于是 2021 年 7 月，《北辙南辕》开播。这是冯小刚阔别电视剧界几十年后的首次回归，选择了这样一个题材，乍看突兀，却也符合冯导的一贯行事风格。

《北辙南辕》以五名女性角色为主要人物：十八线演员鲍雪（蓝盈莹饰演）、海归美女戴小雨（金晨饰演）、陪读北漂的大龄未婚女冯希（隋源饰演）、热爱写作的全职太太司梦（啜妮饰演）及仗义疏财的女成功人士尤珊珊（王珞丹饰演）。

剧情以长居欧洲的戴小雨忽然发现未婚夫其实乃已婚之身，愤而独自回国为开端。五名女性电光石火地在北京这座大城市中找到了彼此，而后一拍即合，合办了高档餐厅"北辙南辕"，在互助互爱中一一解决了各自的难题，也完成了各自的蜕变。

依照类型模板，《北辙南辕》剧中的女性人物涵括不同阶层，剧情也围绕着种种常年热议的社会问题展开，如育儿过程中父亲的缺位、女性如何平衡家庭事业、"剩女"如何择偶、放弃自己成就伴侣是否可行……制作层面，冯小刚以其电影级别的圈内资源向下兼容，客串嘉宾甚至配角都是黄渤、张一山和刘晓庆这样的咖位（第一次见到刘晓庆心甘情愿地出演奶奶辈），加之摇滚老炮（刘效松、捞仔、马上又等）平添文艺气质，再辅以《唐山大地震》开创的硬广插入技术。单就模板应用而言，《北辙南辕》先天很足。

然而自开播始，《北辙南辕》便争议不断。其间最常出现的批评字眼，是"悬浮"。

当年，《欢乐颂》被质疑的最大槽点是几个背景迥异的女性角色绝不可能在现实中成为邻居，但因其人物塑造和剧情设置有一定说服力，整剧还是基本成立。时隔六年，都市女性群体无论自我认知，还是眼光口味都已成气候，

《北辙南辕》便不那么容易过关。

《北辙南辕》的"悬浮"，简单说，就是剧中人钱来得太容易。《欢乐颂》中大城市的不易居，被父母兄弟剥削的绝望，刚出社会的挣扎，都表现得很可信。这些实实在在的压力，无论来自作者本身还是材料收集，至少源于真实的社会经验，正是这一部分引起了广泛的共鸣。而《北辙南辕》中，求职、找房、弄钱，这些困难解决得太过轻易，甚至轻佻到脱离现实的程度，无疑，撩动了都市女性敏感的神经和情感。

《北辙南辕》的编剧陈枰是《激情燃烧的岁月》《青衣》《民工》等现实主义剧集的作者。陈枰1956年出生，比冯小刚大两岁，他们的子女辈应为90后，差不多与剧中人同龄。吊诡的是，陈枰在采访中曾表示，《北辙南辕》的人物原型和灵感，大部分仍来自老一辈的个人经验。

譬如尤珊珊。这个角色是陈枰根据一个闺蜜的形象改编而来。"现实中我闺蜜开了6家公司，疫情期间她被困日本回不了国，炒股就赚了600万。就像尤珊珊一样，她每天也不用坐办公室，对朋友更是仗义和慷慨。"[2] 包括那个餐厅，"虽然现实中餐厅最后黄了，但我在剧本里让尤珊珊把它给救活了"。

隔了起码两代人的主观经验和一厢情愿，完全无视社

2. 骨朵编辑部. 悬浮，还是真实？ | 专访《北辙南辕》编剧陈枰 [NOL]. 骨朵网络影视，2021-07-23.https://weibo.com/ttarticle/p/show?id=2309404661936712188089

会形态的变化。如果《北辙南辕》的现实感来源于此，那确实无话可说。

实则，剧中也可见端倪。北辙南辕餐厅的装修，在剧中，由热爱极限运动的时髦青年俞颂阳设计，而呈现出来则是标准的冯小刚审美：高饱和的红金两色对照，新中式，苏绣、毛笔字、高仿青花餐具和淘宝包邮茶盘齐全，是发迹于20世纪90年代初、而今已值中老年的一代男性最喜欢的风格。这其实也就是整部剧的基调。

还是在那次采访中，陈枰发出天问："我确实没遭遇过社会的毒打，难道遭遇过毒打才算了解社会，才算真实、不悬浮吗？"这说明她完全没有理解她所面对的观众群。看尤珊珊在生活中过关打怪固然过瘾，"尤珊珊是怎样成为尤珊珊的"才是硬核问题，但对于早已上了岸的陈枰和冯小刚来说，这显然已经太过遥远，连他们自己都不愿忆起。

所以，并不能苛责《北辙南辕》的编导团队不尊重剧集类型本身的现实主义诉求，只能说，剧中所演绎的就是他们认知中的现实。正如那间餐厅的装修，珠光宝气而老谋深算。将一个发生在2019年的青春故事附着其上，割裂感便无法避免。

2

与"夺他人之酒杯，浇自己之垒块"不同，冯小刚一直以来的困境是他自己的壶，装的总是别人的酒。这酒，早期是王朔，后期则是严歌苓和刘震云。

冯小刚赖以起家的贺岁系列，叙事松散，基本属于小品连连看，其中无论精神内核、对白风格还是叙事模式无疑全部来自于王朔。以 2005 年《天下无贼》为开端的商业电影，则每一部都脱胎于文学作品——冯小刚对文学基础的倚重，秉承第五代导演早期创作传统，而草根出身让他能放下身段，轻装上阵，将宏大叙事与商业范式结合得天衣无缝，这是他的独到之处。

但商业／喜剧导演的身份，也注定了作者性的缺失。冯小刚始终未曾建构出属于自己的电影言语体系。从玩世不恭的解构主义，到女性主义，再到厚重的历史回顾，他自身的表达只能藏在杯底，以走私的形式小眉小眼地流露。

冯小刚的女性形象塑造理念，也只得从他作品中的吉光片羽去寻觅。

军队文工团是冯小刚的私人记忆，早在 2002 年，他就想将之拍成电影（见冯小刚自传《我把青春献给你》）。2017 年，《芳华》上映，由原著作者严歌苓担任编剧。小说中惨烈的三重背叛故事在电影中成为一场朦胧的青春梦，而冯小刚在黄轩扮演的女性照顾者身上投注了相当浓度的自我映射——做个"好人"，观望乃至于仰望着，默默呵护着他记忆中的美丽少女，而一旦情欲闪现，即成没顶之灾。这里隐藏着冯小刚隐秘的少年情怀，自卑又自负，猥琐而纯情，令人喟叹。

2000 年上映的现实主义题材电影《一声叹息》是冯小刚自我流露最多，也最真诚的一部。它脱胎于王朔早先写就的剧本《过着狼狈不堪的生活》，但时隔多年，才终于开机。电影情节并不复杂，讲述了一个中年男编剧在发妻和婚外情人之间撕扯的故事，拍摄手法老老实实，以生活质感取胜，其中若干场景，如情人每天坐公交车去找男主角幽会，发妻因水管工查看龙头而发现了丈夫的婚外情，以及女儿向登门造访的情人水杯里加盐的细节，就出自冯小刚自己的经历。

《一声叹息》的结尾，男主角勉强回归家庭，但在接下来的镜头中，男人接到一个电话，神色仓皇地回望。一个暧昧的开放式结尾。这部影片中的两个女人，一个是能为爱从树上跳下来的至情至性的年轻姑娘，另一个是任劳任怨，无言守候的妻子。冯小刚曾在自传中描述过，这两个女人最终都幻化成母亲形象，让那个男人退化为一个孩子，任性之后，茫然无措。这大概也是无数中年男子最真实的快乐和烦恼。

迄今为止，冯小刚故事性最弱而作者性最强的作品，应该是 2019 年的《只有芸知道》。在这部沙发音乐（Lounge Music）风格的"散文诗"电影里，冯小刚塑造了一个空灵的纯爱女子。在 61 岁的年纪，冯小刚这样描述《只有芸知道》，"非常想拍一些很美好的，对自己的内心也有营养的电影"。

从水果般诱人的少女，到满怀母爱，被辜负而依然展开怀抱的成熟女性，再到纯爱女神。这三类女性形象，大概可以被视为冯小刚作品中女性塑造的三个阶段，其实也可以用来概括绝大多数男性的情感路程：纯真的初恋、柴米油盐的婚姻，和老去之后的美好回忆。非常普世。

3

与姜文合作过多次的编剧述平在谈到《阳光灿烂的日子》时，精辟地总结："小伙子追大姐"。这部电影姜文其实只在结尾处出现了几分钟，但拍摄前，他满世界寻找长相酷似自己的少年出演男主角马小军。

类似的事情发生在叶京导演的电视剧《与青春有关的日子》中，"冯裤子"一角无论外形还是气质都与原型冯小刚毫无二致。

这显然是一种主权宣布，不仅是对作品，也是对记忆以及对重述记忆的话语权。姜文、王朔、叶京，包括后来的石康，某种意义上，这些"京味儿文化"老炮，以他们的作品创立了一种独特的、不由分说的京味儿审美。

王朔在《动物凶猛》中这样写："我长期迷恋那种月亮型的明朗、光洁的少女。"姜文在将其转译为电影时，极其忠诚地遵循了原著精神。宁静所扮演的米兰，在原著中"活生生、热腾腾"，"犹如阳光使万物呈现色彩"。他也提到了西红柿，"给人的感觉犹如西餐中的奶油、番茄汁掺在一起做成的那道浓汤的滋味"。

这就是所谓的"大喇""大飒蜜",京味儿文化老炮们最热爱的女性形象。重点在这个"大"字。其特征是生命力和爱欲都极其旺盛、生冷不忌、"范儿正"、"邋遢帅"（王朔形容徐静蕾语），义薄云天，有那种"为图一时爽，不怕火葬场"的剽悍气质。

京味儿文化产品中，这样的女性形象比比皆是，地位崇高。这也是老炮们能够制造出的最完美的女性形象。

《老炮儿》里许晴扮演的"话匣子"终于在风韵犹存之年，成了冯小刚的相好；而《与青春有关的日子》里冯裤子觊觎过的乔乔（白百何饰演）则借尸还魂，与《奋斗》中的米莱合体——《北辙南辕》中的尤珊珊由长相酷似白百何的王珞丹出演。

下沉到电视剧界之后，冯小刚彻底忠了自己一把，让念念不忘的 90 年代北京大妞穿越到 2019 年，来精准扶贫，来搭救闺蜜。甚至可以这样揣摩，与其说尤珊珊是冯小刚理想中的女性，不如说是他理想中的自己。

演员表上说王珞丹是"友情出演"，实际上，相对另四位较为标签化、脸谱化的女性人物，尤珊珊才是《北辙南辕》的第一女主。

她雷厉风行的处事风格，她身为母亲而毫无"妈味儿"的形象，她的文艺心，她惊世骇俗的经历（大二怀孕大三退学然后成了女富豪），她与人交往中的局气和性情……尤珊珊这个人物符合"大飒蜜"的一切设定。但而今已是 2022 年。20 世纪 90 年代相对宽松的文化环境和上升渠道早已是传奇，而今的都市女性必须步步为营，小心谨慎，才担负得起自己的人生，这是独立自主的代价。一个大二怀孕大三退学，毫无背景、白手起家的女子，在三十多岁的年纪实现财务自由，敢一句话抹去上千万债务，这个可能性不能说完全没有，但也是无限接近于零。而保姆十年后被男友抛弃，成为失去自我的全职太太，十八线演员混不出头，这些确实是可能的命运，更可能的命运则是996、北漂、公租房、已届婚龄的恋爱经验为零、已婚的愁孩子学区房和户口、婆媳矛盾、丈夫出轨、行业内卷、中年失业……

肥皂剧中的偶像能成为偶像，其中必然含有自我认同和期许。最接近《北辙南辕》的观众群想象中的自己的，也许是《我的前半生》中的唐晶：理智、专业、独立，哪怕感情受挫，也依然有掌控生活的实力。她们并不是不想不愿"飒"，而是被现实生活剥夺了"飒"的资格。或者说，这个时代的"飒"，已经完全是另一种形态。

一部剧想要获得认可，先需准确辨识出观众的隐痛，而后才是理解与抚慰。《北辙南辕》的观众当然与剧中人面临着相似的困境，但像剧中人那样，经济基础建立得如此轻描淡写，随随便便就有资格坐而论道，维修上层建筑，则是对她们的生活的背叛和嘲讽——谈恋爱和归纳人生谁不会？安身立命才难。

而女性互助，本该是深刻的相互认同和共同成长，绝非大包大揽，金钱挂帅，将对方的难题轻描淡写间一笔勾销——且先不说剧中五人组的一拍即合是多么虚浮。真正有价值的友谊产生于相似的生活理念和岁月里长久的陪伴，只能在解决问题和矛盾中慢慢生长，哪怕那些问题和矛盾是彼此之间的。而《北辙南辕》中的问题解决，完全仰仗尤珊珊的钱包。

与架空的剧情相比，《北辙南辕》中自说自话的女性期许带来的割裂感更加严重。

总之，现实主义剧集不讨论现实问题，只让剧中人对社会议题浮面地抛出一些金句是不行的。抛金句不是讨论，剧中人的行为、抉择、结局和喜怒哀乐，才是真正的讨论。京味儿文化老炮们纵然初心不改，大飒蜜们却早已芳魂杳杳。冯小刚这一曲青春赞歌必然只能是表错了情：不知何时的明月，正照着何处的沟渠。

前流量时代的影视作品

　　《城南旧事》讲的是童年的梦，北京的梦。甚至它并没有在"讲"，它是在"诉"。像一个孩子和伙伴们玩得正酣，忽然抬起头来，一股索然无味涌上心头，好似预知到一切即将结束，永不再来。那寂寥是来自成人世界的风，一个孩子的心灵尚且无法处理，只能默默记住被它吹乱的头发。《城南旧事》就是这样的一场梦。

　　第一次看《城南旧事》的时候，我跟电影中的小英子一样大。在直播间里连麦聊起这部电影，聊起我为什么对它念念不忘，是对着一个空茫的抽象意义上的听众诉衷情，带着很多的回忆和自怜，有些羞惭，但又期待着回应。这大概就是直播间的意义。它热热闹闹的，又陌生又熟悉，充斥着一种让人不耻于分享以及渴望交流的气氛。而且，公屏上刷刷流过的留言很容易让上面的主播和嘉宾啰嗦起来。

何况我和我的朋友们，本来就啰嗦，尤其是讲起这个题目：前流量时代的好作品。

在我的认知中，流量，即那些不需要作品，或者以自己本身为作品的明星。流量时代这个概念是随着互联网和智能手机的兴起而出现的。这个主题其实已经讲过太多次，带着疲倦和遗憾。反正我敢大言不惭地说，我认为在我国（乃至于全球）影视业，前流量时代的好作品比之后的要多很多。原因是复杂的，与经济发展、影视业市场化和互联网都有关系，当然也与集体记忆和岁月淘洗有关，因为归根结底，我们对影视作品的评价只能是纯主观的——如果跨出专业领域的话。专业领域的分析和评说并不涉及主观价值判断。

我自己越来越少被 2000 年后的影视、音乐乃至几乎一切文艺作品所打动，这没有办法，是艺术语言表达与接受的代际差异，更是文艺青年的印随行为，与岁月和心灵上的硬壳有关。

所以只有体验能够言说，也只有体验可以交流。

我们聊了《万箭穿心》，聊了《城南旧事》。然后又聊了《顽主》和《有话好好说》。还聊了永远逝去的、松弛而灿烂的八九十年代，也聊了《教父》中麦克跨过街道去买橘子。老炮们从《教父》里看到橘子、江湖和横亘在命盘上的种种规则，年轻人看到热血黑帮、少年心气和"躺平"的意愿……让我想起高中时第一次看《出租车司机》，虽然当时根本不知道马丁·斯科塞斯何许人也，仍然觉得此作不凡，但心里盼望的是罗伯特·德尼罗痛痛快快地把总统给毙掉。

这非常有意思，也非常好，正如罗杰·伊伯特所说，小说是叙述表达，电影是情感表达。正如尽管我的喜剧定义仍停留在塔蒂和比利·怀尔德，尽管我认为如果没有《功夫》，周星驰根本不值一提，而《新喜剧之王》被严重低估，它完全可以打7分——百分制。但我仍然尊重那些将他奉为童年之神的年轻人。我尊重的不是品味、学养和表达能力，而是真挚的、热腾腾的情感。

罗杰·伊伯特还说，好电影是"无法忍受以后不能再看到"的电影。对我来说，"好"很简单，就是看完还想再看，看完忘不掉。好的作品经得起一再重温，又在一次次重温中为我们提供崭新的观影体验和感知维度。在直播间里聊这些，更像以作品为刀，观看自己情感编年史的横切面。

而岁月并不该让人浑浊，青春也并不该让人轻佻。

我的奢望是，在多年后，如果我们还没死，如果昨日的年轻人已经不再那么年轻，我们还能在同一个直播间里畅所欲言，聊聊那些打动过我们的作品。那个时候，但愿我们拿出来津津乐道的，不是金句，不是"炸"或"裂"的画面，不是某些似是而非的二手人生经验，而是一阵沉默，是看完一部作品后不能忘怀的怅惘，是平时难以开口的一些隐痛，好像童年的那阵风又找了回来，看看我们是不是还在。

为什么是靳东？

1

不久以前，江西新闻频道播出了一则新闻："一位六旬女士自称在某短视频上结识了靳东本人，说要嫁给靳东，理由是'靳东'已经在全网向她告白……女士在他的召唤下去了长春找他，当地派出所在她丈夫、儿子的恳求下，善意撒谎说靳东已经离开了，这位女士才不得不回家。"之后，靳东工作室发出声明，声明中表示所有"靳东"系列账号"均非本人，严厉谴责并警告这种行为"。

一个惨烈的故事。高科技，新媒体产业和粉丝文化搅和在一起，其中还涉及真情实感。

女性追星，要求一向比男性繁复。女明星女演员之于男粉丝，只有一种功能：承担想象。从来没听过"爸爸粉""哥哥粉""姨丈粉"……男粉丝全部是男友粉，如果礼貌一点描述的话。

而女性，就不一样了。

自从网游兴起，男性大规模撤出影视界——尤其是电视剧界，开始在二次元中打江山，挥洒荷尔蒙；而在女性的欣然占领之下，男性偶像在幼态及中性的大趋势中，再依其功能进一步细分："弟弟""哥哥""男友""CP"……追星主体按身份分，则有女友粉、妈粉、姐姐粉、事业粉等等。

目前来看，男明星中最吃香的形象是"弟弟"，这一类别的男明星面部线条柔和，五官细幼，呈现青春期前的无邪，甜，软，空灵。一旦他们发育长大，男性特征凸显，便被开除出弟弟界。

在女性观众的审美凝视下，整个娱乐圈弥漫着一股粉嘟嘟的、去荷尔蒙化的气息。这与电视剧女性观众的年龄层相关，同时更关乎她们的心理需求、表达欲和话语权。

如是，这条"六旬女士与假靳东"的新闻便在悲情之余显得吊诡。它像是一个破音，极不和谐，但带来凉飕飕的现实。在这个时代，在粉圈和年轻群体之外，也有人在全身心地、真金白银地追逐着心中的偶像。只是，为什么是靳东？

2

靳东 1976 年出生，山东人。他出道很早，从中戏音乐剧专业毕业之前，已演过《东方商人》和《孙子》等电视剧。靳东的早期作品以话剧为主，也拿过电影奖项。而 2015 年的电视剧《伪装者》和 2016 年的《我的前半生》大红之时，靳东已经快四十岁了。标准的大器晚成。

张爱玲说"大部分的男子的美，是要到三十岁以后方才更为显著"；靳东便是一个例子。年轻时的靳东因为瘦，骨骼过于明显，脸部总有点按下葫芦浮起瓢的观感，算不得拔尖，经过岁月打磨和脂肪填充，终于在中年时被盘出了味道。他是标准的北方男子的长相，不带一丁点儿阴柔气，长方脸，浓眉大眼，鼻梁笔直；五官里长得最好的地方是上唇，浑厚，而轮廓线条精致如弓，造就一种微妙的平衡，使他不至于像其他浓眉大眼的男演员一样沦为农民帅。他的脑袋略大，幸而身高足够，身材也保持得相当好，各种时髦衣服都穿得。总而言之，靳东的外形与气质完美契合，是一种相当本分、相当老实的英俊。

我喜欢靳东始于《伪装者》，这一点跟我妈一样。我妈夸《伪装者》里的大哥明楼"稳当，能整事儿"，翻译过来，就是有担当。

我国谍战剧里，《伪装者》远算不上佳作，可我首先是当时装剧看的。旧上海的奢靡浪漫，革命斗争的血腥残酷,该有的倒也都有,深入我心的却是明家三兄弟一套套的三件套西装、衬衫马甲领带领结、长款风衣皮衣呢大衣,配色讲究的礼帽、皮手套和墨镜……正是我最喜欢的复古造型。配上女性角色旖旎的旗袍、皮草和连衣裙,男是男,女是女,满足了我对民国的时尚想象。看烦了腻腻歪歪的当代时装剧,《伪装者》先从造型上让我眼前一亮。

《伪装者》算男人戏,明楼明台明诚三兄弟,各有各帅,年轻姑娘迷的是王凯胡歌,而靳东扮演的明楼是三人中最复杂的角色,光身份就有三重:汪伪政府重臣、军统情报科科长"毒蛇"、中共地下党情报组组长"眼镜蛇";在外苦心孤诣,刀口舔血,回到家中,下要抚养幼弟,上要侍奉长姐,等于是天天过着深水倒钩狼的日子。这是戏,但个中滋味,到了有老有小,每天各种角色切换的中年,多少能领略一二。

明家三兄弟中,明诚没有感情戏,明台的感情戏是从偶像剧里移植过来的风花雪月。明楼与汪曼春,则是若即若离,似有还无的一条丝,最后汪曼春被明楼亲手毙掉。这也是中年人才能领会的忍与舍,将其放在家国大命题中,愈发显得可哀。

看《伪装者》,激烈的、惊险的、强戏剧性的情节,都放在了明台身上,他是这部剧里的爽文部分,而明楼的戏份,是一边在各种错综复杂的关系中走钢丝,一边护着老小,挨完姐姐的大耳刮子,还要给弟弟擦屁股。看来看去就是一个字:"累"。也总是要到中年,快意恩仇的梦死了，才知道有担当是多么高贵的品质。靳东身上那股"老干部"感，讲原则讲道理到有点迂腐的劲儿，放在明楼一个双料间谍身上，沉稳倜傥之余，带出了一丝英雄主义的悲壮，这一点疲惫中的浪漫准确地击中了我。

《伪装者》之后，靳东大红，就一直在明楼的路上走了下去。他之后的角色，无论是《我的前半生》中的贺涵、《欢乐颂》中的老谭，还是《外科风云》中的庄恕……都是明楼的各种当代变种。将这些角色粗暴地概括为"霸道总裁"其实不准确，霸道总裁是属于凡尔赛文学的。电视剧中的各种靳东只是略高于现实世界的、备份服务器一样的存在，他是一个问题解决者，大树一样护着妇孺在阴凉里安居乐业，时不时讲点儿思想政治课。他是触底反弹的那个"底"，似乎充当了一个踏板或台阶，他也是心甘情愿的。

女作家亦舒说，她对理想对象的幻想，是"死在他怀里，由他亲手办理后事"。这不乏矫情的幻想放在靳东身上特别合适，电视剧中的他总是那么周到踏实，要一奉十，我相信，如果请他为我办一场追悼会，他是能将花圈和骨灰盒都安排得明明白白的。

最有趣的是，《伪装者》的明楼实际上利用了汪曼春对他的爱情，而《我的前半生》中的贺涵则在一对女性好友间犹疑不决，最终移情别恋。但在当下对剧集角色道德水准要求甚高的舆论氛围中，这些角色并未受到多少苛责。相映成趣的是，《我的前半生》中扮演"女小三"的吴越则在微博上被骂得狗血喷头。

　　从角色出发继而到达演员本人。我们对明星的迷恋总是如此。靳东具有无可指摘的好口碑，据说还很有经济头脑，他自己在访谈里说，早在《伪装者》大红之前，他的生活早已毫无问题。他没开太多的社交媒体账号，曝光度适中，保持着他这个年龄和段位应有的持重。

　　靳东本人身上最大的槽点，可能是爱装有文化。但好像，也是无伤大雅的槽点，那些古装现代诗体的微博，"诺贝尔数学奖"的段子和凭空捏造的名人名言，无不具有一种退休职工摄影爱好者式的笨拙，为观众提供了智识上的优越感。

　　当立过"国民女婿"人设的中年男星一个个倒在各自的私生活中，靳东成了丈母娘心目中最理想的女婿，有能力，有担当，稳重——土一点儿正是有安全感的表示，让人放心。而对于那些还没真正当上丈母娘的女性观众而言，靳东的外形和气质，是完全可以与之谈爱的。这也就是为什么，在而今的鲜肉为王的娱乐圈，靳东始终是收视保证——他有广大的、沉默的大龄女性观众作为收视基本盘。

3

　　就像现实生活中老年女性的情与爱一直处于尴尬境地，当下，我国的影视剧为大龄女性观众所提供的合格偶像实在不多。大量的同质化的年轻偶像聚集在三十五岁以

下，数量不低的"老戏骨"处于六十岁左右——过了这个
岁数，就是德艺双馨的安全地带了。而二者中间，危机重重，
布满油腻，是男人们需要熬过去的一段年龄。这个年龄段
的男演员，除了现实主义的正剧，形象气质在其他类别中
（仙侠、穿越、玄幻、甜宠）都少有用武之地。

向上追溯，在我国现实主义正剧的黄金时代，曾有过
多姿多彩的成年男性形象。当年《渴望》热播，李雪健饰
演的宋大成和孙松饰演的王沪生同时大红，而后者收获了
全国女性观众多少的爱恨交织——"我妈喜欢"和"我喜欢"
两厢对照，由生活本身做出了不由自主的选择。

随着电视剧集类型的多样化，具有国民度的男演员也
一代代出现。20世纪90年代，陈道明自《末代皇帝》和《围
城》出道，在之后的一系列帝王剧中达到顶峰。与之相似
的是唐国强，扮演帝王、老一辈国家领导人和革命家，彻
底改变了他"奶油小生"的尴尬境遇。

而后商品大潮来袭，《来来往往》中的濮存昕成为承
上启下的第一代精英男偶像，可视为靳东的前身。曾经一度，
电视里充斥着各种由他代言的商务电子用品和职业男装。

进入新世纪之后，电视剧的受众和审美口味迅速年轻
化。成年男性纷纷涌入军旅剧，如演而优则导的柳云龙。《暗
算》拍得哪儿都好，就是镜头一到柳云龙，景别就得往回
拉一格，一屏幕他的浓眉大眼，以满足男性的自我展示欲。
这类剧集仍是男性向的。

而后，大女主戏兴起，女性观众在这些剧里满足自身

对于世俗成功的欲望，而在情感寄托方面，则越来越趋于保守，呈现出一种自给自足、漠视甚至摒弃成年男性形象的态势。

当下，我们很难在影视作品中看到合格的男人。仙侠剧里吃风屙烟的仙与侠属于清风明月，宫斗剧里的皇上阿玛属于皇后妃子，青春偶像剧里的偶像只属于青春，而在大女主剧崛起的今日，大部分现实主义剧中的男性都只能属于肇事司机。那些男性离我们很远，或者又太近，要么太虚幻，要么又太真实。

再退上几步，我还能喜欢谁呢。我不算老，但早已不再年轻。肖恩·康纳利死了。看着我长大的刘德华、梁朝伟也已经老了，而且，他们毕竟来自另一种文化，我跟他们不亲，吃不到一口锅里去。上一辈的唐国强、陈道明等人已荣登表演艺术家宝殿，高远得难以触及。四十多岁的男演员中，刘烨和秦昊文艺得令人担忧，佟大为和陆毅虽已成家，但看上去仍然稚气未脱；姜文、姜武俩兄弟荷尔蒙过剩，难以接近；孙红雷和邓超则在综艺节目中祛掉了最后一点庄重……

于是，是靳东，他就是这么一个明星，喜欢他的人不会疯狂到那些流量粉丝的程度，不喜欢他的，也不至于深恶痛绝，看到他就要转过头去。这也是为什么，当我看到新闻中假靳东的聊天记录，口口声声的"弟弟"，一股酸楚油然浮上心头。

他是她们从未得到过的、理想中的父亲、兄长和丈夫。

对真实生活的失望而又不死心，使得广大女性观众——特别是中老年女性观众——对靳东百看不厌。因为上看下看，左看右看，对于我们虚幻而无的放矢的情与爱，靳东就是当下最体面的寄托。

文艺青年之存在意义

　　一个热气球吊着医生、士兵、工程师、农民和诗人，气球一旦漏气，最先被扔下去的肯定是诗人。在现实生活中，所谓文艺青年就是这样一个地位。

　　拍出《立春》的顾长卫曾在采访中说，如果没有文艺青年，生活多没意思。是的，气球不漏气的时候，文艺青年是最好的装饰品。正如英国人说他们宁可失去东印度公司也不想失去莎士比亚——那是因为他们既有东印度公司，也有莎士比亚。

　　《立春》是部奇妙的电影，初看时，觉得它太矫情，看完，嘲笑完，忍不住戚戚。一个人看，它惨痛极了；众人一起看，成了搞笑剧。当然，这观感仅限于文艺青年。我第一次看这部电影是在电影院，除了我，还有四个观众，都是中年人。影片结束时他们一言不发，匆匆离去，经过我的座位带来一阵风。我在椅子上坐了一会儿也走了，回家写了篇刻薄的观后感。过了几年，我在一个春天忽然想起"我想我是被我自己感动了"，就又把它翻出来看了一遍。看完一遍又看了一遍。它终于成了我个人的经典。

在《立春》中的年代——1980年代末——文艺已经失去了切实改变命运的力量。市场颤颤巍巍地刚开放，计划经济余威尚在。"文革"带来的人才饥渴渐渐平缓，因写了篇好文章被直接调入大城市分配收入和户籍的神话已成传奇。人们被死死地钉在生活里，像王彩铃一出场，就在四宝俯瞰的眼光下走，姿态再如何卓尔不群也走不出灰秃秃的小院——导演和编剧安排王彩铃长得丑，是现实主义的小心思，实际上她如果不丑，命运也许会落到更加不堪的境地。王彩铃她哼着托斯卡，站在水池边洗黄瓜，那穿着脚蹬健美裤的腿真是让人难过。她自己也清楚，有点小才在他们生活的小地方"就像六指一样，是残疾"。他们是异类，为与众不同付出高昂的代价。而文艺青年与文艺青年之间并没有深度的互相同情，同为艺术逐梦人，跳芭蕾的胡金泉因为是同性恋，比王彩铃更倒霉。在他寻求帮助的时候，王彩铃一针见血地指出"你与现实生活格格不入，我只是不甘平庸"，干脆地拒绝与其组成互助小组。分头沉没，多么孤独。闭塞、底层再加上爱文艺，在好莱坞可能是《阳光小美女》那样的轻喜剧，在欧洲是《戏梦巴黎》，在 80 年代末的中国基本就等于人间悲剧。

李樯的苦闷叙事被顾长卫的视觉化抒情搞得彻底无可救药。那白毛衣，那歌剧和大雪，拧巴到极点，但在这部电影中却是，拧巴得特别对。它抓住了文艺青年的命根："我能活，但我就是不爽。"老外搞文艺是要玩命的，比如梵高，比如莫扎特，比如兰波，都像谪仙（起码在电影里）。但中国人不是，他们就是在现实生活里浮浮沉沉，卑微又下作，不玩命，只被命运玩，可怜可恨又可哀。

顾长卫，以及拍了故乡三部曲的贾樟柯，都曾经是文艺青年。在《站台》的结尾，贾樟柯用一壶开水的鸣笛与火车押韵，对一辈子都想脱离出身的小镇文艺青年作了一次致敬——而那昔日的青年已在压在头顶的中年岁月中沉沉睡去。这一幕与王彩铃想象中的音乐厅歌唱大会同样令人心伤。气球还没破，我们就被扔下去了，并没摔死，但总也活不好。真是文艺青年的千古悲凉。

顾长卫和贾樟柯后来都成了聪敏人——文艺青年自己表情是表不好的，一定要跳出来才行。倏忽今日，文艺青年竟成了骂人话。说人文艺等于说人上豆瓣，是要被娇嗔的。我想，这大概是因为文艺与命运的关系被进一步剥离，改变命运的条例少了，道路多了，生活不再是铁板一块，与众不同的难度已不在于"众"，而是"不同"。现在活得挺好还不爽，说好听点是情怀，说难听了就是装。装得装一辈子才成风格，要坚持到底，难。

东印度公司易有，莎士比亚难求。何况满地的盗版浮士德。真正的文艺青年是蛋糕上的奶油花，在太平盛世，气球鼓鼓的时候，没有文艺青年的挑三拣四、不切实际、异想天开和那一息尚存的理想主义和天真，一块光秃秃的蛋糕坯该有多无趣。只是而今，"新的时代到了，再也没人闹了"，想文艺，还真的需要玩命。

婚姻的作业

1

中国电视娱乐业中的情感类真人秀可谓源远流长。从最初的新奇到如今的熟稔，大家已经习惯了将"真人秀"中的"真"剔除，默认看到的是人和秀和情感——依剧本表演出来的、半真半假的情感，也是真实生活的拟态一种，在乏善可陈的日常中聊胜于无。

芒果 TV 的婚姻纪实观察真人秀《再见爱人》于 2021 年 7 月底悄然开播，渐渐引起了关注。与以往的情感类娱乐节目不同，这档节目虽然仍聚焦于亲密关系，但探讨的是比较沉重严肃的婚姻主题。节目邀请了三对正经历着婚姻问题的明星夫妇，为他们安排了十几天的旅行，节目内容，即以跟拍三对夫妇和"情感观察团"的评点组成。

这三对夫妻，各自面临不同却又典型的婚姻问题。

郭柯宇和章贺十几年前闪婚，他们回忆说，是到了该结婚的年纪，一时兴起找了身边最方便的对象。婚前感情基础薄弱，婚后也没有潜心建设，虽然有了孩子，但按他俩的说法，"从来没有过进入彼此的世界"，十年婚姻，两种孤独，最终走到分手。

可是，画肖像环节中，郭柯宇和章贺的表现却令人惊讶。他们给对方的描述不仅精准，而且包含着深入的精神性认识，他俩的肖像是嘉宾中完成度最高的。这是多年的共同生活留下的遗产，有情感，有互相了解，有默契，但二人却都说"没有爱情"。那个场景唤起的感慨和思考非常丰富。

人，也不是不能相处，但就是不行。这样的婚姻，在现实生活中想必很常见。年龄到了，压力陡增，找一个世俗条件相当的对象，为了结婚而结婚，这并非完全不可取，虽然这类婚姻肯定不如为爱而婚的先天条件好。如早产婴儿需要更多的关爱和照顾，这类婚姻对双方的要求更多也更高。

爱情是"非理性的、极端个人化的（罗兰·巴特）"，婚姻则是理性的、制度化的。婚姻伴侣可以不是热烈的爱人，但一定要是能够并肩作战的战友。建设经济基础，抚养子女，解决最基本的需求：性和陪伴，这些才是婚姻的主要内容，而且需要双方共同解决问题。在解决问题的过程中慢慢建立起彼此间深度的认可和支持，才有可能得到可贵的情感关系和高质量的婚姻体验，而不仅仅是"搭伙过日子"那么简单。

三对夫妇里，魏巍和佟晨洁比较欢快，看着甜，二人也已经习惯于那种又似姐弟又似母子的相处模式，但在面临生育这一重大挑战时，种种隐患便集中暴露了出来。截止到第五期，魏巍是这个节目中收获恶评最多的两位嘉宾之一，对他的主要评价是不成熟和大男子主义。

然而哪有单向度的人，哪有不复杂的关系。虽然平时总是被照顾着，但在佟晨洁学骑自行车的环节中，魏巍表现出来的孩童一般的关爱很真挚，很吸引人。

这种姐弟恋的范式在今天很是常见。总体而言，女性本身的情感比男性丰富，情感需求更高也更繁琐，多少又带着母性；男性的心理成熟来得比女性晚，相同年龄经历的男女谈恋爱，心理上也还是姐弟恋。有过一些经历又聪明的女性，因为太懂得男人的心理和欲望，很容易一眼看穿成熟男人，一旦碰到单纯小动物一样的少年，虽然套路全知道，还是不免缴械。说白了，是对青春、对纯洁的怜惜和向往，这怜惜与向往先是对自身的，再投射到对方身上。少年是召唤，也是点燃。

但享受了姐弟恋的甜美，就要背负姐弟恋的辛苦。生儿育女对于这种模式的婚姻是极大的考验，双方都必须跨出舒适区，不仅要在短时间内调整相处模式，还要完成飞跃式的人格成长。魏巍和佟晨洁的困境，实际上是对未知的恐惧和对自身能力的怀疑。

2

激情之爱，抑或激情褪去后的深厚感情，是婚姻的基础，也是最重要的部分。《再见爱人》名为"婚姻纪实观察真人秀"，重点讨论的是情感关系、亲密关系。

其实，两个成年人自愿走入亲密关系，一定是相互选择的结果，当初一定有能够相互满足的部分。而这种相互满足也会促生关系的形态和双方的自我。关系需要不断建设不断迭代，因为生活中总会出现新的问题和挑战，一旦关系成长跟不上挑战，便面临着解体。

正如王秋雨和朱雅琼。朱雅琼不断发出的情感需求被王秋雨不断否定，前者越挫越委屈，后者越躲越烦闷。肖像环节里，王秋雨描述的朱雅琼与本人相似度很低——他甚至记不住妻子的发型。然而那幅肖像上一双忧郁的眼睛却很得神韵。

这也像个隐喻，他能够感知到她的悲哀，只是不懂应该如何去满足她。于是她愈加敏感，愈加焦虑，他有心无力，备受打击；二人都在自我重复中泥足深陷，他们的关系也就只能在恶性循环中兜圈。原本美好的昨日和两人之间明显存在的相互依恋就这样被不断地损耗，他们之间的互相伤害也是所有嘉宾中最深刻的。

但很难因此单独谴责王秋雨。如果说进入亲密关系、进入婚姻是一场共谋，损耗甚至离婚也是如此——都是双方共谋的结果。而《再见爱人》的意义在于，它提供了一个近似真空的场景，让嘉宾与观众可以一同观看在现实生活中不太容易看到的、相对单纯的情感关系。

节目中的六位嘉宾都是文艺工作者，虽算不上大红大紫，但也早跨过小康步入中产，经济对他们而言早已不是问题。这便使得他们的婚姻困境少了些许苦涩，有了专门谈情的余地。这情又不似其他婚恋类节目中的情那么虚无缥缈，它以真实的婚姻经历为依托，有着立体感，也提供了充分的探讨空间。

"观察团"里的七位嘉宾中，李维嘉、胡彦斌、郭采洁未婚但有感情经历，他们的点评多围绕着亲密关系、性别差异和情感表达；孙怡虽然年轻但已婚已育，她的感同身受便更明显，自我投射也更强；黄执中和沈奕斐更多从沟通技巧和通俗社会学出发，给予理论指导；最年轻最单纯的千喆则是以一个小学生的姿态默默记笔记，为日后做准备。他们的视角实际上就是节目观众的视角。不同经历的观众看这档节目，就如观察团的嘉宾一样，侧重和观感一定大不相同。

有过婚姻经验的观众会明白，《再见爱人》能够探讨的只是婚姻探讨中的最大公约数：情感。除了淡化掉的经济问题，还有仅作为锚点出现的子女（生育、抚养和教育）

问题，以及无法触及的性问题，这些都只能作为余数被略过。而这些情感之外的关键因素影响甚至决定着一段婚姻的质量。

心理学家阿德勒谈及亲密关系和婚姻时表示，它不仅是一个"决定"，更是决定之后需要付出行动的"作业"。要完成这份作业，光有激昂的爱不够，还需要愿意合作的态度和努力。

爱和吸引仅仅是开端。如《再见爱人》中的三对夫妇，郭柯宇和章贺虽属先天不足，王秋雨朱雅琼、魏巍佟晨洁却都有过轰轰烈烈的开始。此后，要么是在关系建设上投入严重不足，要么是关系固化导致的自我发展停滞，要么是无法合作解决问题，才导致他们的婚姻出现严重危机。正如《消失的爱人》中说："婚姻就是互相妥协、努力经营，然后更加努力地经营、沟通和妥协，随后再一轮经营。凡入此门者，请勿心存侥幸。"

真实世界没有太多浪漫可言。不谈钱也不谈性，作为一档综艺节目，《再见爱人》轻巧地避开了婚姻中真正沉重的部分，但对普通人来说，这种沉重不可避免。

3

到底应该如何面对和经营婚姻？每个时代的创作者都在探讨这个问题。

1943 年，张爱玲写下了《倾城之恋》，"在这动荡的世界里，钱财、地产、天长地久的一切，全不可靠了。靠得住的只有她腔子里的这口气，还有睡在她身边的这个人……他们把彼此看得透明透亮。仅仅是一刹那的彻底的谅解，然而这一刹那够他们在一起和谐地活个十年八年。"一场突如其来的战争成全了一个猎艳的浪子和一个寻饭票的女人——成全的并非是他们互相算计的爱情，而是平庸的婚姻。

说是战争，实是两个人在战争中的行为和合作构成了他们共同拥有的情感资产，在之后的岁月中，从这资产中生发出的信任和默契，将用以抵御日复一日的平凡生活。

《再见爱人》则设置场景，用一场旅行让三对夫妻从日常中超脱出来。但是，这场 18 天的旅行不可能提供如一场战争般的极端环境和体验，六位嘉宾能从中得到什么样的启示，在这个过程中与伴侣能重新创造出什么样的心理资产，这份资产是否能够满足彼此的核心需求，使得婚姻重新获得活力，还都是未知数。

人在特殊情境中并非常态，十几年的婚姻生活所塑造出的那个自我，不可能在十几天的旅途中获得本质改变——至多是播下一颗种子。在一场娱乐节目促成的、非自主选择的旅行中，于凝视与游戏兼备的环境里，两人共同播下的种子能否茁壮成长，必须经受真实生活的检验，绝非一个真人秀的美满结局（假如出现的话）能够给出的结论。

《再见爱人》也是种子，它的价值应该是引发思考。

破除娱乐节目的迷思，即，完全不必因为观看了一档节目而激烈批判某种标签化的形象或行为，从而渴望或恐惧婚姻。

人类的一切需求，归根到底都是情感需求。与他人建立关系，缔结强有力的情感纽带，这需求在漫长的进化过程中被写入我们的基因，是最最基本的生存渴望。从 20 世纪 40 年代的白流苏到今日的《再见爱人》，无论世情如何变幻，婚姻始终是绕不过去的人生重大命题。它就像升级打怪，要不断地迎战，还要两个人步调一致。这很难也很累，但高质量的亲密关系就是很难也很累——难与累的同时，它会给人高质量的回报。

如何面对和经营婚姻，依然是个问题。阿德勒的书中举过一个例子。在德国乡村有一个古老的习俗，即将步入婚姻的新人会被带到一棵被锯倒的大树前，两人必须共用一把锯子将大树再锯成两段。合作的意愿与方式，互相配合的技巧，谁来主导的决定，能否互相聆听感受，跳出自身，为对方提供支援……两个生命个体的协调过程被浓缩在这个朴素的例子中，用以阐述婚姻的意义。或许我们能做和必须做的，便是握紧锯子，勇敢而耐心地迎接生活中所有的大树。

童话结束之后

"从此，王子和公主幸福地生活在一起。"童话结束了。合上连环画，让我们来到现实世界——然后遁入电影中。现实世界有什么值得流连的?

人们喜欢在电影中煞有介事地探究童话结束之后的事情。维也纳和巴黎之后，《爱在黎明破晓前》（*Before Sunrise*）三部曲把最后一部安排到了希腊。在优美的海岸线和白屋顶之下，曾经的少男少女在目睹他们老去的一代人面前，吵吵嚷嚷地诠释了一回中年婚姻。如果一出浪漫的爱情剧一定需要成为闭环，那么结局就应该是"当婚姻需要挽救时，它已经死了，只是你们还不肯承认"。然后男女主角手拉手去美丽的希腊。

电影看多了才明白，童话结束在这个地方是有道理的。我曾经久久不能理解人们为何结婚，为何要在神、祖宗、朋友和七大姑八大姨的面前发誓，从此我就只跟这个人睡了，不换了。后来看《一声叹息》，徐帆可怜巴巴地问张国立："你老了病了，她能端屎端尿地伺候你？"恍然大悟。婚姻的本质是消解恐惧：对穷，对寂寞，对老，对病，对死的恐惧。独自面对这些令人气短，于是两个人用誓约把彼此绑在一起，搭伙过日子，为未知的将来储蓄安全感。正因为这誓约实在太不牢靠，人们才需要请来大量的旁观者为之背书。

当然，在现实世界中，婚姻是个便利的东西。无论谈恋爱、做饭、买房、养孩子还是其他，两人一起干总比自己来得轻松些。人们得到世俗层面的便利，付出的代价通常属于形而上范畴：比如说，自由。何况很大一部分婚姻还打着爱情的旗号。爱情，多少愚蠢与胁迫假汝之名。有个笑话是这样的：老太太对老头说："你看我多么爱你，我最喜欢面包心，这一辈子我都把面包心留给你吃。"老头沉默了一会儿回答："我喜欢面包皮。"这笑话有种温暖又带点疲惫的恐惧感，像大部分婚姻。

只有非常、非常强大的人才有资格做出选择。他们看透了"人是孤独的"这一本质，要么悠然地认命，要么怡然地特立独行。芸芸众生则在这二者之间懵懂。

然而有一些坏人偏要刺痛这懵懂。《爱在黎明破晓前》三部曲并没让人彻底死心，如果有第四部，导演还有"绝症"

这个大招可以用（多少韩剧因此圆满）。恰逢男女主演年华不再，老年也是一张温情牌。褪去性欲的身体总能唤起同感。谁能那么幸运早死早托生呢。三部曲的镜头仍然罩着丝袜，一种最易接受的虚伪的温情主义，让我们感动。真正的坏人不是这样。

真正的坏人，让中年男女在大风雪的夜里匆匆忙忙、索然无味地来一次冰凉的车震（《冰风暴》，李安）。没有任何快感和刺激的出轨，像是心怀鬼胎地推开门，看见一片荒野。《美国丽人》中，下岗再就业的丈夫为妻子和她的情人坦然递上一杯可乐。人死了，空旷的街道只有塑料袋飞舞。还有《革命之路》。它绝对不是傻乎乎的《泰坦尼克号》的续集。为自己堕胎之前，凯特·温斯莱特解下了围裙。就在这个早上，她穿着它给丈夫做了早饭。围裙落在地毯上，然后是血。她按着自己的头，将自己溺死在庸俗之中。

这些画面像是浓缩的真理性质的寓言，让人胆寒。

婚姻的便利性具有诱惑。当男青年女青年以爱为名，成双成对地奔赴小康之路，坏人们也携着手，在中产阶级的尽头等着他们。"不能屈从于空虚，"他们说，"结局就是毁灭"。在童话结束之后，人们不接受王子和公主各取所需地生活在一起，人们不接受自己不幸福。于是乎，真正的票房赢家仍然是《真实的谎言》和《史密斯夫妇》：奇情故事把心怀叵测的中年男女从市民生活中打捞出来，用好莱坞的刀光剑影狠狠安慰。

而我善于从美剧中寻求救赎。

《纸牌屋》中的弗兰克和克莱尔是一对同样冷静、强大、高智商、目光远大、毫无道德枷锁的男女，相扶相助，他们最终爬上了美国的权力峰巅。

"如果你想要快乐，就拒绝我的求婚。我不会给你一堆孩子，数着退休的日子，我保证你不会被这些羁绊，你永远不会无聊。"这是弗兰克的求婚。克莱尔则说："他是唯一懂得我的人。"在第二季结束之前，编剧安排了剧集中唯一一处弗兰克夫妇同时出现的性爱场面：弗兰克、克莱尔和他们的保镖。这真是点睛之笔。与爱和性无关，共同的欲望和本质上的相互认同才是伟大婚姻的基础。

只要弗兰克和克莱尔仍在夜晚的窗前分享一支烟，我便相信这是人类虚构史上最成功的婚姻。然而这不是后童话，这是反童话——现在让我们关闭视频，回到现实世界去。

爱，且不只是爱

1

如果"爽"的反义词是"闷"，那《金婚》就是一部"闷"剧。闷到让你怀疑这是剧，还是你本想打开电视一逃了之的日常。

《金婚》的灵感源自导演郑晓龙的一次回乡探亲。因为父母吵架，他特地赶回老家去劝解，驱车回北京的时候，他想父母这一辈子的婚姻之路如果能拍成电视剧，一定好看。

回到北京，郑晓龙启动了《金婚》项目，找来王宛平做编剧。《金婚》的形式定为编年体，一年一集，50 年的婚姻生活，就是 50 集。剧组成立了策划班底，天天开会，50 集的内容需要足够的生活细节去填充。为了解上世纪五六十年代的生活，王宛平做了大量的资料搜集和实地采访，还有更多细节来自剧组成员的生活体验。比如剧中的佟志生了三个女儿后终于生了个儿子，一高兴，差点把儿子摔在地上，这是郑晓龙出生时的真实情景；中年文丽抹了时髦的珍珠霜引起过敏，却是王宛平的经历……

为了呈现各个年份的特色，郑晓龙对服装和道具部门提出了极高的要求。自筹备期起，《金婚》剧组想方设法从民间征集了大量服装和生活用品，小到墙上的挂历、一张自行车票，大到 50 年代的公共汽车……剧中使用的道具数以万计，光是最直接表明年代特点的报纸就制作了100 张。

50 年如流水，在还原度极高的历史环境中，《金婚》的时空就这样从 50 年代缓缓流到改革开放，又流到了新世纪，观众与剧中人一同体验了半个世纪的生老病死，悲欢离合。这部剧的风格不仅是现实主义，更是写实主义的。

"我相信朴实可以打动人。"王宛平曾在采访中说，"要写好一段跨越五十年的婚姻真不容易。我尽力展示这对平凡夫妇从年轻到老的过程，还原生活本来的真实，没有刻意求新求奇。"

1950 年时代变迁是大背景，家长里短、鸡毛蒜皮则构成了《金婚》的戏肉。一集一年的严格编年体形式决定了剧中的叙事是匀速的，没有明显的戏剧冲突，没有悬念，没有严格意义上的详略起伏，虚构感被降到最低，与其说表现，不如说《金婚》是纤毫毕现地记录了 50 年来一个普通家庭的生活，是最典型、最真实的平民剧。

说《金婚》"闷"，是与若干年后流行的"爽"剧对比。其"闷"不仅指情节的写实、节奏的舒缓和场景刻画的细致入微，还有人物。

《金婚》中的人物，借用沈从文评价小说的一个词，就是"家常"。无论主角还是配角，都熟悉得像身边的邻居，而且是从小看着你长大的邻居，其中没有英雄，没有鲜明的忠角奸角，都是普通人，有优点也有缺点，帮你陪你也烦你，吵吵闹闹中共度了几十年，一起老去，最后全成了亲人。

这是《金婚》的"闷"，也是《金婚》的魅力。《金婚》叙事和塑造人物的浸入型调性，是《儒林外史》和《金瓶梅》式的，承继自我国源远流长的世情小说，又与城镇居民中最后的熟人社会语境契合，那世，那情和那人，娓娓道来，然而眼看就将消失。

2

1956 年，数学老师文丽和青年技工佟志自由恋爱，结为夫妻，从此，开始了《金婚》中长达半个世纪的婚姻生活。

幸福的家庭个个相似，幸福的爱情也是如此，无论什么年代。新婚伊始，一对年轻人共同探索爱与性的甜蜜，青春少艾，海誓山盟，在最初阶段，婚姻和生活一样轻盈。

时代的烙印也很明显。在当时的社会环境中，婚前，两人共处的时间不多，性格与志趣的差异被激情掩盖，并没有充分磨合便走入了婚姻。而佟志为了让文丽一家人对他放心，双方共同商定的方法是——写保证书。那封充斥着政治语言风格的保证书，现在看来天真又朴实。

随着孩子相继出生，压力渐渐加码，佟志、文丽都进入了中年，之前被潜藏的种种矛盾不由得显现出来。作为家里最年幼的女儿，虽然善良勤劳，但文丽自小娇惯、任性，不擅家务；佟志则面临着所有男人进入中年时最沉重的问题：事业危机。年轻时的激情和甜蜜被繁重的工作、恼人的婆媳关系等现实问题不断磨蚀，婚姻进入最危险的时期。

就在这个阶段，佟志和文丽分别遇到了家庭之外的诱惑。在年轻同事小夏的身上，文丽看到了久违的青春和纯真；佟志的红颜知己李天骄则一方面有着文丽年轻时的文艺浪漫，一方面又有文丽不具备的干练上进。二人情感的外泄，实质上是对柴米油盐的厌倦，是被压抑的爱欲在沉重的日常生活之外寻觅出口，试图去触摸遥不可及的理想。

文丽的婚外情还没开始便结束了，因为文丽很清楚，小夏只是个幻梦，这份情只可能为她的生活增添烦恼，而无任何现实意义。佟志则不然，他与李天骄的感情和事业交缠在一起，撕扯了数十年。这数十年间，虽然两人并没有发生实质性的关系，但彻底破坏了文丽和佟志的感情，三个人都在痛苦中挣扎。最糟糕的时候，文丽和佟志先是

大打出手，继而互相憎恶，最后形同陌路，下定决心终止
婚姻。

这无疑是文丽和佟志的婚姻中最大的考验，刚好出现
在整段婚姻的中间：第26年。在这个时间，二人青春已逝，
肉体刺激无法再像年轻时那样，作为感情的助燃剂，而欲
望却依然灼热；四个孩子半大不小，正是最耗费心力的时
期；事业正需要加劲争取，之前可以依靠的父母却老了。

内外交困，上下压榨。所谓哀乐中年，无论什么时代
也都差不多。

将二人重新粘合在一起的，首先是当时保守又无比强
大的社会伦理体系，而最终起决定性作用的还是二人之间
的情感——那在26年漫长的岁月中积累起来的情感，其中
有忘不掉的最初的美好，有相互扶持的过往，有怨恨有忍
耐，有深厚的相互体谅，还有无论如何也分割不清的种种
责任。

经历了痛楚的二度磨合，走到老年时期，又共同度过
了多次伤病、危机乃至丧子之痛，两人的关系被岁月彻底
淘洗过，终于渐入佳境，到达一种相濡以沫的和谐。

其中最动人的一个情节是，老两口拌嘴闹别扭分房睡，
佟志给另一个房间里的文丽打电话："你猜我是谁，我是
小夏啊！"逗得文丽哈哈大笑道："我是李天骄！"

曾经的痛彻心扉，而今毫无芥蒂，都化为笑谈。这一
幕比老去后的佟志再会李天骄时的疏离更令人感慨。情欲
的折磨远远褪去，夫妻二人的默契和亲昵有如返老还童般

纯净。

但是，人生的尽头也就在眼前了。

整部《金婚》中，佟志唯一一次直抒胸臆，是在他晚年与儿子对"幸福"的争论中。儿子说，看着父母一辈子吵吵闹闹觉得没滋味，不打算认真恋爱，更不打算结婚，"您是痛苦的哲学家，我要当快乐的猪"；佟志则铿锵有力地反驳说，这种"绕着责任、绕着痛苦"的生活没有意义，"我和你妈这一生很有滋味，很幸福！"

幸福与否是彻底的主观判断。佟志的这句话，可作为《金婚》的文眼。

3

太阳底下无新事，只有新词。纵使《金婚》的创作时间在本世纪初，而剧中时空要追溯到近七十年以前，在当下，这部剧仍富含现实意义。

譬如关于"原生家庭"的讨论。

重男轻女是历史糟粕，也是时代产物，文丽和佟志并没有超越他们的时代。文丽一连生了三个女儿后生了唯一的儿子大宝，之后，几乎全家人都将注意力放在了儿子身上。大姐从小要帮着照顾弟妹，同时又与弟妹们争夺着父母的注意力；因为生活困难，二女儿南方一出生就被送到四川奶奶家抚养，南方心里委屈，一直与父母不亲；三女儿多多认为自己从名字到存在"都是多余的",从小叛逆;独生子大宝则养成了自我为中心、玩世不恭的心性。四个子女成年后,心理各有缺损,婚恋生活更是各有各的不平坦,如果按当下的思路去解读,无一不可归咎到父母,归咎到所谓"原生家庭"。

说到父母,佟志精神出轨,家暴妻子,以当下的标准,是个"渣男"无疑;文丽年轻时充满布尔乔亚趣味,爱看小说,有洁癖,鄙视家务劳动和农村妇女,言辞刻薄不饶人,要贴标签,便是那个时代的"小资女文青"。

但人生远不是归纳和标签,幸福也无法经由公式求得,无论在电视剧还是生活中。

丈夫游离于家庭之外时,文丽任劳任怨,独自照顾四个孩子和体弱的婆婆,从"小资女文青"变成了黄脸婆;"渣男"佟志一生傲气,为了儿子,却不惜向债主下跪;大宝表面叛逆,其实一生都在寻求父亲的肯定,拼命赚钱为二老买下新房;三个姐姐虽然抱怨了一辈子,在弟弟面临牢狱之灾时,却不约而同地掏出私蓄帮助他(如要概括,那又是标准的"扶弟魔")……

《金婚》中没有完美的人,也没有完美的结局,剧中的几次和解也并不能让人"爽",让人解气,在为人夫、为人妻、为人父母、为人子女的路上,剧中每个人都在牺牲妥协,也都在他们的历史时代限定中完成了自己的成长,获得了幸福。这过程充满痛苦和遗憾,却让人感动,因为其中甚少大道理,多的是最朴素的情感。

这正是《金婚》的价值所在：它一丝一毫也没有刻意去投合观众。它没有金句，没有立场和观点，它是浓缩的生活本身。

就像是《金婚》的最后一集，佟志与文丽庆祝金婚，子孙环伺膝下，看似圆满，然而生离和死别已经迫在眉睫了。两位相伴一生的老人手挽手走在雪地里，那背影不是浪漫的，而是凄丽的。

无怪乎很多观众说，看完《金婚》的感受是"如释重负"。

而今，当下的流行语是"所以爱会消失对吗？"年轻人如若看《金婚》，看到吵闹、外遇、分居、互相折磨……任何一个坎儿过不去，原因都会被归结为"爱消失了"——这话对也不对。对是说，所谓金婚的金，本来是矿石，经历千锤百炼，石消失了，成为了金。好比爱，金婚的爱，是涅槃的爱。

但用简单一个"爱"字去衡量这部剧，是太轻佻了。《金婚》中的爱，千疮百孔，又肝胆相照，不仅有情，而且有义，说是爱，又并非爱，其酸甜苦辣都不止爱，其醇厚必远超爱。

《金婚》在 2007 年上映，之后的几年内拿了好几项电视剧大奖，在 BTV4 播出时平均收视率达 16.45%，单集收视率高达破纪录的 20.83%。王宛平感叹，写完《金婚》，"有一种被掏空了的感觉。几乎把所有的生活体验都拿出来了"。

几年后，郑晓龙和王宛平再度联手，推出了《金婚》的续作《金婚风雨情》。

与《金婚》中曾精神出轨的佟志不同，《金婚风雨情》里的丈夫耿直对妻子舒曼的爱始终如一，牺牲、包容、宽厚，前后四个漂亮女人向他表露爱意也坐怀不乱，堪称绝世好男人。"然而，世俗琐碎的《金婚》老少通吃，是当年的收视冠军，如今一切看起来很美的《金婚风雨情》却只赢得了年轻人。"[3]

《金婚》首播的时候，有记者在采访中询问郑晓龙，是否担心《金婚》无法吸引年轻观众，郑晓龙说不，他认为这部剧可以"帮助 80 后了解上一辈人的婚姻生活，也有助于他们了解一个时代……再说，婚姻生活有很多与时代无关的共通性，80 后早晚也要结婚的啊"。

十几年后的当下，最年轻的 80 后也已经三十多岁，新一代的年轻观众或许已经是他们的子女辈。但郑晓龙这个回答依然有效。时代变化，思维方式和话语变化，而人类最基础的情感和行为模式不会轻易改变。婚姻乃至于亲密关系，在任何时候都是人生最重大的命题之一。爱从激情到深情的转变、中年危机、亲子关系和代际差异……这些问题将长久地存在，长久地被讨论，控诉是容易的，超越是困难的，而对于人生而言，只有后者才有价值，因为面对难题，每个人都只能在自我和解与超越中寻找属于自己的答案。

---

3. 金力维.《金婚2》收拾稳健 情趣多多迷倒小青年 [N/OL]. 新浪娱乐,2021-12-10. http://ent.sina.com.cn/v/m/2010-12-10/17063173890.shtml.

在我国经典剧作之中，如果想获得关于爱情和婚姻的深度思考与启示，《金婚》仍是最佳选择。甚至，相比当年，这部剧现在更有被重温的必要。我们距离现实、常识与真实生活已经太远了。假使今日年轻的观众们愿意，完全可以用倍速的方式观看它——纵使人生本身永不倍速，无论欢愉或苦痛。

新时代的离婚

1

  1998 年，由武汉女作家池莉的中篇小说《来来往往》改编的同名电视剧开播。那恰好是我国改革开放的第 20 个年头，经济发展势头强劲。这一年，中国内地的 BP 机用户达到峰值的 6500 万，大街上的有钱人开始手持砖头状的"大哥大"；互联网大潮初见端倪，新浪、京东和搜狐分头成立；也是在这一年，《还珠格格》热映，粮食大丰收，长江流域发生特大洪灾……

  以上种种，均被忠实地记录在了这部 18 集的电视剧中。

  与七万多字的原著相比，电视剧《来来往往》不仅剧情大幅丰满，也作了若干

重大的情节改动。剧情主线是以 20 世纪 70 年代末直到 90
年代末的历史变革为时代背景，刻画了武汉一对夫妻几十
年的日常悲喜剧，主题是探讨婚姻与爱情。播出后，此剧
以直击当时的社会隐痛、贴近现实及"大尺度突破"的特
色风靡一时。

在剧中，男主角康伟业作为成年人出场时二十余岁，
是肉联厂的一名杀猪工。工厂的厂医李大夫赏识康伟业，
将高干子女段莉娜介绍给他。

段莉娜看中了康伟业的外貌和性格，处心积虑，主动
出击，不仅动用家庭资源提拔康伟业，甚至在康伟业想撤
退的时候诱导对方发生了关系，以告发"强奸"为威胁，
最终迫使康伟业与其成婚。康伟业进入婚姻时不情不愿，
但也不乏自己的小算计。在那个特殊的历史时代，他将爱
情密封在对初恋顾晓蕾的意淫中，而生活是放下杀猪刀，
坐进办公室和住上干休所的房子。压抑和利益都同样真实，
如果时代不变，这对夫妻是很有可能过到老的。

但时代变了，商品经济的浪潮袭来，康伟业下了海。
全新的价值观冲击着他，他认识了年轻漂亮的女白领林珠，
在对方的主动下，康伟业突然地自我了。他开始闹离婚，
遭到段莉娜的极力反抗。最后婚没离成，林珠远走高飞，
康伟业在空虚之中又遇到了时尚女孩时雨蓬。

差不多是在这个地方，电视剧与原著开始分道扬镳。
原著中，康伟业到底也没离成婚，他在时雨蓬和段莉娜的
一次极具反讽意味的短兵相接之后，大醉一场，醒来独面

人生惨淡，以一个开放式的结尾走向生活。这个结尾可以说是凄厉的。

而电视剧的结尾则是可疑的温情脉脉。全剧的最后一集颇为现代化，导演频频打破第四堵墙，让康伟业与段莉娜与观众直接对话剖白心迹，再以黑白画面的非叙事空间让二人辩论。一番折腾后，段莉娜主动离婚，康伟业在挫折和幻灭之后幡然醒悟，决定回归家庭。这个结尾，说是给原著续了个貂，或是升了个华，似乎都可以。令我想起《红玫瑰与白玫瑰》最后张爱玲的嘲讽："……无数的烦忧与责任与蚊子一同嗡嗡飞绕，叮他，吮吸他。第二天起床，振保改过自新，又变了个好人。"

在我国电视剧史上，这似乎是第一次公开讨论当代家庭中的爱与性，其中若干段落尺度之大，据说成为了当年许多少男的性启蒙经典。男主角康伟业似乎也是史无前例，以今日的标准来看，简单贴个标签即是"渣男"，"有钱就变坏"，背叛家庭，玩弄女性，殊不伟光正。

拍摄这部电视剧时濮存昕年届45，而男主角康伟业的年龄跨度自二十多岁一路到中年。必须说这个演员选得好，濮存昕高大英俊，演绎成功人士的沉稳自然不在话下，但演出青年康伟业时，嘴角一撇，肩膀晃晃，很有几分少年憨气，那种激发母性的未成年感，让剧里的女人和电视机前的女观众一起心软。

哪怕濮存昕再有魅力，如果此剧播在二十余载后的今日，我猜，新时代陈世美形象的康伟业还是要被狠狠打倒的。但在当年却没有——起码不仅仅是一边倒的批判。这剧热播引发的讨论之中，"中年人的无奈"和"现代家庭伦理"是最常见的词。在上个世纪末，如何看待婚外情，该怎样对待没有爱情的婚姻，还是值得讨论的问题。

此剧过后，濮存昕成为了"少奶杀手"以及商务型男的代表，接了好几个"呼机手机商务通"类广告。

2

池莉曾说："我对男性没有偏见"。这在《来来往往》原著中体现得非常明显。原著中三个代表不同时代的女性共同构成了男主角康伟业的生活空间，具有泾渭分明的文化内涵，康伟业对她们的态度，实际上是他对不同时代和社会风貌的思考。池莉选取男性作为第一视角来讲述这个故事，对她笔下的"渣男"康伟业，在我看来，并未流露出太多的道德审判。

原著中的段莉娜是个极不可爱的女人，缺乏自我意识和女性魅力。段莉娜在少女时代即处心积虑，工于心计，面临婚姻危机时，则蛮横、暴戾，表现得非常可怕，"黄着一张脸，穿着过去的老蓝色的春秋装……手包里藏着她的匕首"。原著的读者，无论男女，都很难不对康伟业抱有同情。

而在剧集中，段莉娜是改动最大的一个角色。

康伟业下海经商成了大款，找了"小三"金屋藏娇。剧中的段莉娜在丈夫追寻爱情的时候，抚养女儿，赡养公公，独力背起家庭义务，同时辞掉公职下海经商，且就成功了，在康伟业资金流断裂时默默无言地给他汇去大笔现金。剧中被大幅度美化过的段莉娜，在吕丽萍的出色演绎下，与其说是那个不正常的时代的象征，不如说是传统意义上最典型的一个贤妻良母，忠心耿耿地等着康伟业疯够了回心转意。

原著中的林珠则代表着新的时代，她年轻、美丽、时髦，对感情生活有炽热的渴望，她对康伟业的吸引不仅来自情欲，更来自其价值观与生活方式。在剧中，这个人物身上的精明强干被弱化了许多，她甚至在怀孕后对段莉娜说出"我不能为自己的孩子争个名分吗"这样的台词。这样的处理，使得康伟业那一场风花雪月的事直接下坠，粘上一地鸡毛。

除了成就濮存昕，《来来往往》这部剧另外一耐人寻味之处，便是成就了许晴。许晴当年还很年轻，剧中她饰演的林珠妩媚有余，干练不足——我国内地女演员演绎职业女性一直不太有说服力。但这并不妨碍林珠成为许晴的经典荧屏形象之一。除了娇媚迷人，最过瘾的大概还是林珠处理感情的洒脱——房子一卖，拿钱出国。我猜男性观众爱的是娇媚，而女性观众爱的是洒脱。反正，在上个世纪末，无论在文艺作品还是现实中，这样的女性还是稀缺的，令人耳目一新的，而她们最后通常是要出国的。

原著中代表"新新人类"的时雨蓬，在剧中则与康伟业的初恋顾晓蕾合二为一，直接由李小冉一人扮演。这个原著中心无城府的女孩，本不可能承担康伟业任何的情感寄托，在剧中则完成了康伟业最后的幻灭。

改编后的《来来往往》不再具有原著中那种鲜明的批判性，康伟业的人生由被时代所凌驾的挣扎变为甘心忍耐现实生活的揉搓，自始至终处于一种极为被动的状态。

在原著中，康伟业的成长步骤明显：初恋顾晓蕾作为启蒙；高干家属李大夫与其是柏拉图式的惺惺相惜；段莉娜是充满现实妥协的婚姻；林珠是求不得的爱情；时雨蓬则是无奈和麻木之后的发泄。妄图抛弃历史包袱去追逐新的时代，在踉跄之中，一个男人的半生走完了。

而在电视剧中，在我看来，康伟业似乎始终没能成为一个心智成熟的男人，在所有的两性关系中，他一直处于弱势，一直都由女性领路。康伟业的初恋是大他三岁的顾晓蕾主动的；贯穿始终的李大夫成为了他心目中的母亲形象；他的婚姻则像从亲妈李大夫转手到了后妈段莉娜手中。康伟业与林珠的一场情事，从开始到完结，林珠掌握全场；康伟业被段莉娜离了婚，马上转而向酷似初恋的时雨蓬求婚，被这个对婚姻不感兴趣的年轻姑娘拒绝后，他回到了段莉娜身边。

简直是一出寻母记。没有什么醒悟，更谈不上成长，只是在生活中像无头苍蝇一样兜来兜去，撞上什么是什么。

《来来往往》电视剧的编剧张军安和导演田迪都是男

性。创作者的性别是否在剧情改编中起了作用,这不好说。我只是觉得,电视剧《来来往往》中的康伟业,或许是现实中许多男性的概括及提炼,他们哪怕没干过这些事,心里多少也渴望过。而结局肯定是大多数男性都喜闻乐见的:爱了,折腾了,过瘾了,最终还有家可归,还有一个女人对你张开怀抱。

3

仔细回想了一下,我第一次读《来来往往》,似乎是在一本叫《希望 Hope》的杂志上。那是上个世纪末出现的一个小开本女性杂志,前面有些时尚讯息,Do/Don't 着装之类,杂志在最后连载一篇小说。这本杂志在女大学生之间颇为流行。

当时,这篇小说确实参与构建了我对"成功男士""白领丽人",以及"新时代女性爱情观"的想象。

那个时候,停在大学门口的车刚开始见规模。许许多多的康伟业在等着他的林珠或时雨蓬。说来有趣,我还曾参加过几次饭局,桌上几名所谓已婚"成功男士",若干身份暧昧的社会女性,几个女大学生做点缀。席上觥筹交错,不乏生冷笑话,饭后酒吧 KTV 坐坐,然后成功人士将女大学生送回宿舍——反正我参与的几次,情况如此,之后的故事便不得而知。

　　我曾经问过其中一名"成功男士",你们天天这个请客法,到底图啥?他的回答我现在还记得,他说,就想聊聊天,因为在我年轻的时候,并没有机会认识上大学的年轻姑娘。

　　1999年,《来来往往》上映,我看到康伟业带着时雨蓬在江边圆桌上吃喝,立刻想起了那次谈话。

　　在我的印象中,《来来往往》没有重播过几次,很快湮没在浩如烟海的我国电视剧集中。二十多年后,我又将这剧翻出来看。我也已经是中年了,哪怕隔着性别,中年的无奈与沉重,总能比当年体会得更深。何况,无论是从文学原著到电视剧改编,从人物塑造到台词,这部剧都还是很值得细品。而今的时装剧也不乏婚外恋主题,但毫无例外地都陷入模式化,无外乎霸道总裁或拯救灰姑娘那么几种。网文化的电视剧已经不再具有记录意义。从这个角度来讲,《来来往往》是个可贵的异数。

　　而今再看《来来往往》,我的观感是,作为一个成年男人的康伟业始终没能直面自己的欲望,并为之负起责任,而剧中的女人们也始终未曾给过他这样的机会。康伟业到底要什么,可能他自己也说不清楚。在生活中,这样的人和事简直太多了。电视剧正因为这模糊,这腻腻歪歪,这说不清道不明,比文学原著更接近生活。起码《来来往往》是。

　　更有趣的是,这次重看时,我们有了弹幕。弹幕里有向往林珠肉体的,有要将康伟业千刀万剐的,有赞美段莉娜贤惠的,最终康伟业回归家庭的大结局出来后,则差不多都长舒一口气：这才对嘛！

与《来来往往》同年上映的电视剧，还有《离婚》。《离婚》改编自老舍的长篇小说，原著"出版于'自由离婚'正趋高潮的 1933 年"。书中描绘的是北平财政所几个科员的离婚危机及家庭纠纷，作为苦闷象征的小知识分子老李向往着隔壁少妇，"仿佛与时代和理想搭上一点关系"。故事结尾，老李带着原配太太回了乡下，"白日梦破灭"！

最终是谁也没离成婚。1933 年的小说、1999 年的电视剧和 2020 年的弹幕，就这样合辙押韵地对上了眼，而观众皆大欢喜。我委实有点惊讶，但这已经是题外话了。

大女主的幻觉

1

2021 年，距《后宫甄嬛传》首播整整
十个年头。

即使过了十年，它依然是我国宫斗剧
中迄今为止最受欢迎的作品。这部剧集以
官家女子甄嬛为主角，讲述她从一名天真
少女成为深宫贵妇的故事，展现了"后宫
作为一个吃人社会的缩影，聚敛了整个尘
世的浮华及欲望以及无奈"[4]。

《甄嬛传》原著是非常典型的网络小
说，背景为架空的"大周朝"，采取第一

---

4. 娄启勇 .《甄嬛传》导演：只有批判才能拍出后宫的残酷 [N].
北京青年报，2011-11-29(B12).

人称叙述，整体而言，人物设定和情节发展均遵从玛丽苏言情小说的一贯模式。

怀着"愿得一心人，白首不相离"的心愿，甄嬛16岁入宫，因为貌美聪慧，得到皇帝注意的同时，也受到了后宫诸女的妒忌和暗算。在几次受宠和失宠之后，她看清了后宫的丑恶面目，也认清了皇帝对其并非真心，于是灰心失意地离宫出家，在出家期间，甄嬛与皇弟果郡王倾心相爱并怀孕，误得果郡王死讯，为了报果郡王之仇，甄嬛重新入宫，借由才智又获宠爱，在诸多忠仆的帮扶下，她重振家势，惩治仇人，最终成为权势登峰造极的皇太后，但在这个过程中，她也失去了最珍贵的友情和爱情，被后宫人生的冰冷孤寂深深包围。

导演是郑晓龙，与这个名字相连的，是一系列国民剧：《四世同堂》《渴望》《北京人在纽约》……他被誉为国产电视剧的"拓荒人"。《甄嬛传》是他从业二十余年来执导的第一部古装剧，也是第一部网文改编剧。

开拍之前，郑晓龙做了一年多的筹备工作。这一年中，郑晓龙的妻子王小平将流潋紫的剧本初稿修改了两次，其中最重要的改动是，在郑晓龙的要求下，将原著中的架空背景"大周朝"改为清朝雍正年间，给了《甄嬛传》一个具体的时间锚点。

这一改动使整个故事落了地，有了具体历史背景，又为原著中诸多人物提供了参考原型，郑晓龙的现实主义风格从而得以延续。而且，这部剧的场景、器具、着装、礼仪等多方面都尽可能做到有史可依，有迹可循；加之主演孙俪及其他演员的出色表演，使其最终呈现出同时期宫斗剧未能达到的精品品相。

在具体剧情方面，剧集将原著中的情节和人物作了相当大幅度的删减。经郑晓龙夫妻整饬后的《甄嬛传》电视剧，呈现为严格的好莱坞三段式结构：

一、开篇，展示主要人物和情境，为其设置某种危机：少女甄嬛怀着对美好爱情的憧憬入宫，认识到了后宫的险恶和感情幻灭，黯然出宫；

二、发展，情境持续积累，主要人物经历"至暗时刻"，在重重苦难中升华变身：尼姑庵渡劫，与果郡王相爱，死别变生离，又为保护家人和复仇决定回宫；

三、解决，冲突激化，主要人物直面危机，完结任务，凸显主题：回宫，逐一除掉仇人，最后与情敌兼战友联手灭了皇上，功德圆满。

就功能而言，三个章节划分清晰：第一章节铺垫，第二章节玛丽苏言情，第三章节复仇爽剧。

对于当时的女性电视观众而言，《甄嬛传》最大化地满足了她们的观看期许；网文爽剧的要素和套路全部具备，而郑晓龙为《甄嬛传》带来的正剧气质，又有效地中和了它网文出身的先天不足。

2011 年 11 月，《后宫甄嬛传》在内地 8 家地面台开播，第二年 3 月上星播放，并卖出网络播放权。截止到 2019 年，《甄嬛传》在上星电视台重播共 186 次。不仅如此，这部剧集在横扫日韩后，又成功打入了英语国家市场。

2

按题材归类，《甄嬛传》算历史剧。在我国，如《三国志》和《三国演义》，历史向来是两说的：左手正史，右手则是巷议街谈，老百姓的茶余饭后。双手合十，这是我们并不矛盾的历史观。

1986年，《努尔哈赤》开播，标志着中国历史剧的诞生。第一批历史剧全部基于严肃文学作品和可靠史料编排，如第一版的《水浒传》和《红楼梦》。那时候，历史是厚重、宏大、不容戏谑的。

到了90年代，80年代的宏大叙事失势，消费主义和娱乐精神逐渐抬头。1991年，大陆和台湾地区合拍的《戏说乾隆》开播，这部充盈着港台娱乐气质的电视剧彻底改变了观众对历史剧的印象——原来历史可以戏说，皇帝也可以会武功和谈恋爱……"戏说"系列就此登场，《宰相刘罗锅》（1996年）、《康熙微服私访》（1997年）等部部大热。

1998年，轻喜剧《还珠格格》与正剧《雍正王朝》携手封神，"戏说"型喜剧已成为了正剧之外最重要的历史剧形式。大历史被解构为小情调，走出庙堂，走向后宫和百家讲坛，火了于丹和易中天，野史、民间逸闻与二月河并行不悖。

进入新世纪，互联网迅猛发展，大量男性流入游戏与二次元，中青年女性成为电视观众的主要构成。2002年，《孝庄秘史》的播出标志着大女主历史剧的出现。

大女主历史剧很快变成宫斗剧，2004年，TVB的《金枝欲孽》横空出世，成为了宫斗剧的标杆。自此之后，借半虚构半史实的壳，填言情偶像的肉，从而影射社会现实，探讨人性，成为宫斗剧的基本框架。2004到2011年，依此模板，大批宫斗剧（《宫锁心玉》《步步惊心》等）出现。网文，特别是穿越文，又特别是以女性为叙事主体的清朝穿越文，取代名著和通俗文学作品，成为历史类电视剧的原始文本。

《甄嬛传》原著作者流潋紫曾说过，《金枝欲孽》是她的启蒙。《甄嬛传》也忠实地遵循了《金枝欲孽》的框架，但二者的立意却完全不同。

《金枝欲孽》为群像剧，四名主要女性角色中没有绝对的好人或坏人，四人各怀目的，相互缠斗，赌情也赌命。在香港，它是被当作变种职场剧来看待的。TVB的职场剧质量之高，远超其他剧种。这与香港的社会形态和文化氛围有关：《金枝欲孽》的五名编剧中大多数都有过成熟的时代剧或警匪剧作品。

而《甄嬛传》的原著作者在开始写作这部小说时，还是个大学三年级的学生。郑晓龙夫妇虽然在改编阶段作了剧情整饬，但并没有触动原著小说的根本，这使得《甄嬛传》

最终仍然呈现为一部大女主玛丽苏剧。女主角甄嬛几番起起落落，靠的仍然是雍正帝的偏爱，再加上果郡王、温太医乃至一大群配角并不太合情理的忠心耿耿。

但在2011年的中国内地，《甄嬛传》是革命性的。一干女性为了生存明争暗斗，最终被"吃人的社会"全部吞噬。这是《甄嬛传》遗传自《金枝欲孽》的精神内核。对情爱的幻灭使它超越了以往宫斗剧中一味纠缠于男欢女爱的小格局，被赋予了人性层面的探讨。

不仅如此，《甄嬛传》还唤起了巨大的认同和代入感。虽然女主角甄嬛的精神特征仍是超时代的，但这一人物虚中有实，实中有虚，她不像武则天、妲己等正剧历史人物那么确凿无疑，缺乏演义的余地，也不像那些穿越而来的女主角徒具游戏性而毫无现实意义。她成为了女性观众最理想的自我投射。

《甄嬛传》之后，正剧的壳（精良制作和真实历史环境）加网文的核（玛丽苏与爽剧剧情走向），成为宫斗剧的新公式。之后的宫斗剧，无非《甄嬛传》的各类变种：2014年的《武媚娘传奇》和2015年的《芈月传》延续《甄嬛传》"大事不虚小事不拘"的改编历史思路，继续演义大女主神话；2017年的《如懿传》将正剧气质发挥到极致，成为慢节奏的世情／言情剧；同年的《延禧攻略》则是快节奏的古装打怪爽剧。

我们的历史剧从翻检史料到戏说，越来越轻薄，越来越柔软，最终迎来了甄嬛和她身后众多的类甄嬛。她们牢

牢地站在历史之中，在历史允许的范围内改写甚至推翻了
历史——就像《甄嬛传》的最后，甄嬛对皇帝的反杀，那
么痛快又决绝，出完一口闷气，怅惘顿生。在大众娱乐领域，
女性想象中的复仇和自我成长首先是这样开始的。

3

在《甄嬛传》中扮演雍正帝的陈建斌在一次采访中说，
拍《甄嬛传》时，一个大屋子里就他一个男人，其他全是
女人。戏一拍完，"她们同时开始说话，说她们自己的那
些东西"，他听着极郁闷，极心烦——剧中，皇上的疲惫
有很大一部分是真实的。

这是宫斗剧绕不过去的核心设定，大女主再聪慧美丽
能干，少了男性人物的扶持，她还是什么都干不成。从表
象到本质，《甄嬛传》始终是一群女性封闭在极狭窄的空
间中，争抢及利用一个（或几个）男人不甚可靠的情欲。

这也解释了《甄嬛传》为何独独在中国香港遇冷。在
宫斗剧的发源地香港，《金枝欲孽》之后，TVB 年年推出
宫斗剧，如果说《金枝欲孽》的内核是女性在现代公司政
治中的抉择，《甄嬛传》等剧的言情和爽剧本质决定了它
们只能被看作低幼的打怪游戏。据香港电视业资深人士分
析，除宣传因素外，《甄嬛传》虽然制作精致，但无论情
节还是桥段，香港观众实在看得太多，"早已审美疲劳"。

《甄嬛传》之后直至 2020 年，古装大女主和网文大 IP 剧占据了电视屏幕的绝大部分时间：《锦绣未央》《且听凤鸣》《楚乔传》《燕云台》……乃至前不久上映的《上阳赋》，数不胜数。而随着时间推移，这类剧集的口碑和收视均呈下降态势，十年时间，内地的观众终于也要看腻了。

《甄嬛传》及其衍生物最致命的局限性，在于它不具备任何真实生活经验。

严肃文学与网文最大的区别是，前者的人物和剧情均力求尊重作品的内在逻辑和真实历史环境，后者完全屈从于作者的意淫。因此，虽然其外在表现形式赋予《甄嬛传》历史正剧的外衣，但其内核仍然是网文式的。

《甄嬛传》原著的具体情节堪称一锅各种著名桥段的乱炖，从老祖宗《金枝欲孽》，到同类型的网文，再到不同类型的网文（《鬼吹灯》），又到《红楼梦》《金瓶梅》乃至《丽贝卡》、金庸、张爱玲……全面展现了作者的阅读史、搜索和搬运能力。对于网文爱好者和生产者而言，该种行为已被命名为"融梗"，是合情合理的"创作"手法。而在阅读习惯已被消解为碎片观看的当下，这些显然并不在电视剧观众所关心的范围之内。

但是，脱胎于这样的原著剧本，注定了剧集本身与现实生活完全脱节。

因而《甄嬛传》中的所谓谋略，便显得分外稚拙。对付争宠的嫔妃，可以用装神弄鬼或座谈的方式将其收编；手下的忠臣犯了私通这样的死罪下到大牢，最终解决方法是求皇上法外施恩；对付男的，怀孕是大招，对付女性，则靠下药阻挠其怀孕，终极手段还有诬陷对方阻挠自己怀孕……这些招数，并不具备太高远的眼界和智商，与真正意义上的政治权谋没多大关系。转译到现代剧中，至多属于办公室小职员互相往杯子里吐口水的级别。

《甄嬛传》乃至《延禧攻略》等宫斗剧确实引发了职场或其他现代型解读。但不得不说，这类解读充满了牵强附会和想当然。如亨利·詹金斯在《文本盗猎者》中指出，电视迷采用一套独特的批评和阐释方法，"他们的批评是不严肃的、猜测性的、主观的，他们会将自己的生活和连续剧中的事件紧密联系起来"——观看宫斗剧代入的过程，实质上只是自我安抚、自怨自艾的过程。将甄嬛视为女性自我意识成长的例证，从此出发讨论女性人生选择，无疑是走得太远了。

目前的大众文艺作品批评中，存在一种令人啼笑皆非的矛盾现象，当对某部作品进行严肃分析，如指出史料错误、逻辑漏洞和剧情荒谬之处时，往往必须面对这样的呵斥："一部网文、一部打发时间的电视剧，那么认真干嘛？"但与此同时，它已经在被认真对待。特别是在网络时代，从向大众开放的那一刻开始，它便以表情包、金句、截图、混剪、周边、衍生文等各种方式开始了自我繁殖。

它已经在被煞有介事地分析、解读、再创作和传播。哪怕初衷并非如此。某种意义上，这已经成为一种荒谬的历史再造和现实再造。这便是网文核 + 正剧壳的大女主宫斗剧的最终宿命：从意淫出发，回到意淫。

十几年前，《金枝欲孽》的监制戚其义将该剧的历史背景选在紫禁城，因为他认为"莫讲是活在后宫里的人走不出来，就连现今社会的都市人都走不出来"，闭塞的环境使得剧情更残酷、更讽刺。自那之后，形形色色的甄嬛被困于形形色色的紫禁城中，目光始终望向过去。

然而如今，仅仅在想象中改写历史已经远远不能满足女性观众的观看需求。女性电视剧的主题从纠缠情爱，到情爱的幻灭和吃人的社会，再进化到自我成长和社会权力结构的重构。因其自身天然的局限性，宫斗剧不可避免地将被淘汰。如果说《金枝欲孽》是香港职场剧/现代剧发展到成熟阶段的古装表达，那么内地的电视剧则正在反其道而行。近几年，《流金岁月》《三十而已》等新型女主剧逐渐取代宫斗剧，成为女性题材电视剧的新方向。尝试未必成功，但确实可贵。甄嬛们必须也正在从紫禁城中走出来，她们将走到 CBD，走到写字楼，也走到城中村，走到廉租房，走进工厂车间和田间地头去，就像崔健所唱："我们不再是棋子儿/走着别人划的印儿/自己想试着站站/走起来四处看看"——看看我们是不是都有光明的前途。

宫斗剧之正本清源

1

宫斗剧自滥觞到式微，堪堪二十年。到各类变种几乎穷尽，观众的观看欲望也趋近饱和的今日，让我们正本清源，再聊聊这一剧种的鼻祖：《金枝欲孽》。

2004 年，TVB 的《金枝欲孽》在中国香港播出。该剧的人物原型取材于清朝野史，以后宫女子的较量为主要内容，旨在表现人性的光辉与黑暗。这部剧播出当年即创下收视率纪录并包揽多项大奖，后又风靡至中国内地、东南亚及欧美。

但《金枝欲孽》的成功不尽于此，更重要的是它创立了"宫斗剧"这一类别及其范式：在半虚半实的历史背景中通过描写后宫争斗，以反映社会现实，讨论人性。后续所有宫斗剧作品无不遵从这一范式，其中佼佼者，则是 2011 年开播的《后宫甄嬛传》。

作为《金枝欲孽》忠实粉丝的流潋紫，其所作网文《甄嬛传》与《金枝欲孽》的精神内核可以说毫无关联，而是一部标准的"玛丽苏"文。这改写和颠覆了宫斗剧的模板。电视剧《后宫甄嬛传》后，这一剧种成了大女主打怪升级最终傲视群雌的奋斗史，完全与《金枝欲孽》的初衷背道而驰。

《金枝欲孽》中并无绝对主角，故事围绕着四个女子展开。这四个女子进宫、缠斗，各有各的心思和目的：尔淳为保全义父；玉莹为让母亲过上好日子；安茜先是为回乡与奶奶重聚，后欲为奶奶报仇；与诸女以及皇后狠斗了半生的如妃则是为维持自身地位。她们中哪怕最年轻天真的，也没对皇上怀着"愿得一心人，白首不相离"的绮思。

这是《金枝欲孽》与其他宫斗剧最明显的区别。剧中所有人都有清醒的认识，日理万机的皇帝最稀缺的资源绝不是他的情感，而是时间和权力。用当下时髦的术语描述，嘉庆帝是个标准的 NPC（工具人），实际上，作为一部宫斗剧，剧中人物刻画最少的就是皇上，他甚至在剧情发展到第五集时才真正出现，而且跟四个女主角都没什么正经的感情戏——作为大老板的皇上不是贾宝玉，不可能跟姐妹们长篇大论地谈情，姐妹们也不会为他争风吃醋，他的功能仅限于决策。低阶员工想抓住大老板的注意力达到目的，便得像报提案做 brief 一般讲究工作方法。正如安茜想从宫女升为妃嫔，所用的招数是简单粗暴地做个香袋藏袖子里，伸出胳膊让他闻见。纯感官逗引，无涉情爱。

最有趣的是倒数第二集，当气急败坏的皇后跑到皇上面前告发其他女子欺君时，被背叛了的天子第一反应是茫然，随后愤怒地把皇后轰了出去，拒绝面对现实——活像一名陡然发现巨大亏空的公司法人。

在"斗"这个层面，《金枝欲孽》的语法是现代企业的职场政治语法：剧中女子阶层分明，同级厮杀，越级争斗，只有在确实需要时，才会发动技能唤醒皇上，利用一下其独有的提升阶层功能。在剧中，与这些女子恋爱的是其他男人：侍卫和太医。他们才是与她们朝夕相处、建立情感关系并真正参与其命运的人。

《金枝欲孽》的五名编剧大都有过娴熟的职场剧或警匪剧编撰经验。监制戚其义将该剧的历史背景选在紫禁城，因为他认为"莫讲是活在后宫里的人走不出来，就连现今社会的都市人都走不出来"。其隐喻含义昭然若揭。无怪乎在当时的香港，《金枝欲孽》被看作职场剧的古装表达。这部剧"讲理"的地方，是将真实的生活经验注入虚构的后宫恩怨中，最大限度地尊重现实逻辑，它的精神气质不仅是现实主义的，甚至是实事求是的。在当时的香港乃至后来的内地，剧中人的心理构成与观众高度契合，因而，才能毫无障碍地获得观众的共鸣。

2

　　《金枝欲孽》号称千万级制作，其取景和服化道都属空前，这也为之后的宫斗剧指了一条明路。虽然当时的大制作以现在的标准看不免粗糙，制作会过时，但剧作不会。立意之外，《金枝欲孽》成熟精致的剧情创作才是它能够成为经典的根本。

　　暴力美学的代表作《低俗小说》，实际上真正的暴力场面总计不过 21 分钟，其高明之处在气氛烘托和人物塑造。《金枝欲孽》也有这样的大气象。总共 30 集的剧集，冲突爆发和重大事件几乎全在最后五集，但前面的铺垫绝不乏味。

　　《金枝欲孽》写人物写故事，笔法多样。一出场便是如妃逼死逃宫的陈妃，这先声夺人的一幕后，对如妃全是隐写，她最初的天真，她的丧子之痛，她的锦帕，她是怎样成为如今的她，没有一个闪回镜头，全是暗涌一样的旁人叙述，要靠观众自己去体味，去想象。而显写的玉莹、尔淳、安茜，也是有取舍，有安排。玉莹自恃国色天香，刚入宫时幼稚聒噪功利，令人厌烦，随着剧情发展，观众逐渐发现她原来是在假作呆傻谋生存，对母亲的一片孝心才是她贯穿始终的行为动机，这个人物便有了血肉和层次。尔淳的惨痛身世和对亲情的渴望，对义父的忠心耿耿和不得所爱的嫉妒使她"黑化",而安茜为奶奶复仇的决心迫使她必须背叛友情爱情乃至背叛自己,这些转折均在意料之外,情理之中。

剧中决定性的一幕,是玉莹、尔淳、安茜乱斗到白热化阶段,三人各自设局,妄图利用太医孙白飏谋害其他二人。这一场戏的心理刻画极为深刻生动。孙白飏心中所爱是玉莹,而玉莹只知他被尔淳所爱,加之安茜从中穿插撩拨,三人赌的是生存欲,但最终起作用、定胜负的却是爱与良知。

得知孙白飏的一片真心后,玉莹极为震荡,最终为他牺牲了自己的前途。而貌似获得胜利的尔淳和安茜却并不得意,两人也被玉莹的赤诚忘我所震荡,自"斗"中觉醒,内心动摇,进而自省。

《金枝欲孽》的精华便在于此。这部剧中,无论主角或配角,人与人之间的关系是动态的、变化的,随着角色的立体化,他们之间的张力慢慢拉开,"斗"不可避免,但这"斗"并非出自物欲和野心,而是有着真实可信的生存需要和情感动机,女性在其中的无奈和挣扎令人同情,无奈挣扎之后的情感暴发不仅使得行为具有合理性,更极具打动人心的力量。

无论孙白飏对玉莹,还是诸多女性对孙白飏,乃至于孔武、安茜和如妃的情感纠葛,正因为与初衷相悖,各个人物在情感和生存困境中最终的选择才彰显人性。如孙白飏宁可吃下有毒的糯米糍以成就所爱之人;福贵人为让尔淳出宫而自杀；尔淳愿为孙白飏之痴情帮他亲近玉莹；常永禄为留住安茜透露了她奶奶的死亡真相，又为她向皇后下毒；如妃为了孔武甘愿放走他与安茜；玉莹最终与孙白飏在无解的死结中相拥而亡……爱的真谛是为爱人而非为自身的幸福打算，乃至于牺牲。这情的动人之处，在于难以自持，但决绝、坦荡，是煽情而绝非滥情。

更为可贵的是，《金枝欲孽》并未停留在此。其中还有对女性形象的多重思考，如玉莹、尔淳和如妃对待爱情的不同处理态度，恰到好处地体现了年轻女性与成熟女性的差别，如妃最终表现出来的清醒、自我觉察和强大，使这个先抑后扬的人物熠熠生辉。而觉醒后的安茜告诉尔淳："女人不能只有事业（在这部剧中侍奉皇帝被视为'事业'）"，"义女、贵人的身份之外，你要试着做自己"，且在结尾处身体力行，贯彻了她的思想。这种自我认识和深切的同性间的体恤，在今日的电视剧作品中也不多见。

《金枝欲孽》的"金枝"指美丽可爱的女性，"欲孽"，则是爱欲纠葛。它贴合着剧中各色人物，将他们的哀乐与羁绊缓缓展开，最终，当命运之手与他们自身的渴望合围，造成无可逃避的困境，那窒息和焦灼便令人感同身受。

3

在"大女主"剧出现之前，无论海岩的刑侦系列，还是《渴望》和《大宅门》，我国从来不缺以女性作为叙事中心的作品。只是自"大女主"特别是《甄嬛传》之后，影视剧作品中女性成长/成功的模式几乎被固化为这样一条路径：心怀对纯真爱情的向往，被男性打击后幻灭，转而致力于自我成长，最终实现成功——世俗意义上的。在古装剧中，是大仇得报，大权在握，现代剧里，要么是家庭事业双丰收，要么是"冻龄"青春和财富兼备的独立女性。

作为文化消费品，这一模式无可厚非，但其中流露出的对另一性别警惕乃至仇视的态度，虽然解气，但是可疑。"大女主"是否是真正的女性主义？这很值得商榷。

在当下的社会中，想有尊严地活着，无论男性女性，一定要妥协，一定要受委屈，一定要作出基于权重的取舍，并在心理上接受自己的选择。这是真实的人生。永远被光环罩着，那是电视剧。而作为大众消费品的电视剧给予观众的影响和指导潜移默化，不容忽视。这是今日，将回顾《金枝欲孽》称为"正本清源"的原因。

不能做出选择的人虽然活着，但生活已经不再属于自己。这正是《金枝欲孽》之后的宫斗剧所强调的"宿命"。在后《金枝欲孽》的宫斗剧中，女性总是毫无选择的、被逼入绝境的，而她们最终的"成功"是对所谓男权结构的强化，即，以女性之身，攀至这套权力构成的顶端再施以行动。实质上，她们仍是在屈从而非冲击这套结构语法。

《金枝欲孽》虽以女性的爱欲纠葛为剧情主线，但这些女性人物的生活中还有亲情和友情，对于男性，除了敌对和利用，也有合作、欣赏和温情。她们有着生存之外的更高级的需求。她们是立体的丰富的人，作为核心驱动的是爱，是情，是体恤他人，并非单纯的一己私欲。张爱玲说"女人谋不到爱才会去谋别的"，有一定道理，也有历史局限性。经济发展带来的社会进步，是同时为所有人提供更多选择的可能。早在 2004 年开播的《金枝欲孽》套着古装剧的壳，实则内里十分现代化。它在告诉我们：真挚地为爱牺牲可以是成就自己，不应将它解读为对另一性别或某种权力结构的俯首称臣。

基于权衡的选择并为之承担后果是成长的重要标准。另一标准，是达到成熟的、自洽的自我，不需要持续的外界反馈来维持内在平和。按这样的标准，在经历和反思之后，《金枝欲孽》中的女性确实得到了成长。与之后的宫斗剧相比，虽然惨烈而压抑，但《金枝欲孽》的结尾才是对权力结构的愤然反击。

没有权倾后宫的钮祜禄·甄嬛，在《金枝欲孽》的大结局中，天理教冲击紫禁城，后宫彻底崩坏，这些美丽的女性无一得到所爱。四个主角有的身死，有的留下，唯一成功逃离的尔淳将必须在彷徨中孤独地面对自己余下的命运，但至少，这是努力抗争和选择后的结果。从此以后，命运将部分地被她们自己决定。这也是真实的、充满了缺憾和不幸的人生。

始于情也收于情，如片头那首《儿女》所唱"为何烧到猛火里，我都不介意伴随"，2004 年的港剧所体现的香港精神,是有啥说啥,绝不提供虚假的童话结尾。这便是《金枝欲孽》的伟大之处:赤裸裸地指出人生的无望。但同时,又如那首《狮子山下》:"同处海角天边,携手踏平崎岖。"身后有追兵,前方是无常,逃出了紫禁城的安茜带着伤,流着血,明知走不到路的尽头,仍然在瞑目之前微笑着靠向爱人的肩头,轻声叮嘱他:"记得叫醒我。"

放下你的饭勺

　　说到用户体验，有些电影看完后会让观众扪心自问："我看它干嘛？"另一些电影则会让观众情不自禁地问导演："你拍它干嘛？"《归来》属于后一种。

　　——绝不是怀疑张艺谋的真诚。对于我国中老年导演来说，在想象力、创造力和幽默感一概缺乏的时候，真诚是他们最后的武器。武打狂潮过去之后，反刍青春和民族伤痕成了新热。而选择这些的题材最明显的好处便是给恶评的成本较高。面对"没有情怀""不爱国"这样的反驳，一些心智不够强大的观众甚至会陷入自我怀疑：难道不喜欢这些电影，真是我的问题？

　　实际上主观价值判断根本没有讨论的必要，而将对一部电影的讨论直接上升到道德层面，是我国观众早已习惯的 low 事。《老友记》有一集里，犹太人菲比求朋友办事，朋友犹豫，她抬出了集中营大屠杀；而后朋友无奈地回答，你搬出大屠杀我就没办法了，不过今年的配额到此为止。这种"我祖上受过苦所以你得对我好"的强大逻辑保佑了多少中国导演，委实罄竹难书。

实际上，关于我国反映"文革"的文艺作品，我一直有个疑惑，为什么至今为止我看到的全部是受害者的回忆、追诉、委屈和哭天抹泪？难道坏人都死绝了？或者说，活下来的都那么无辜？当然，这疑惑与《归来》无关。

坦白地说，《归来》没有打动我，一点都没有。写到这儿我哆嗦了一下，想起美国影评人宝琳·凯尔曾批评斯皮尔伯格说："他给观众的是真正的傻瓜道德，比如你可以在电视上听到他说，应该强迫所有人去看《辛德勒的名单》。他和贝尼尼（《美丽人生》的导演）很快就可以发展到演双簧了。"这个辛辣的女人要在中国影评界讨饭吃，恐怕早已饿死。实际上在美国她也收到了大量辱骂性来信——"他们认为我对大屠杀没有感觉，尽管他们自己可能是在盲目的悲伤和痛苦中观看了这部电影。"以其一贯的准确，她指出"在观众看来，一部影片传达的信息和这部影片的质量经常是混为一谈的"。

在电影院观看《归来》时，我身后坐着几名张艺谋的同龄人。在整个观影过程中，他们不断抖腿、接听电话、大声讨论。我相信我还听到了擤鼻涕的声音。我猜他们是

被感动了。而我在持续的走神中想，以此片的故事和叙述
节奏，其实还是拍成电视剧更合适，这也更适合它的观众
群的观看习惯。在影片绵长的、令人昏昏欲睡的道德按摩
中，隔壁的影厅传来阵阵震动，应该是同期上映的某部美
国大片。张艺谋曾说，《归来》是拍给 80 后和 90 后看的，
我觉得他是过于多情了。"蜂蝶纷纷过墙去，却疑春色在
邻家"。

　　必须承认，《归来》在迎合观众这一点上尽了力。实
际上这也正是张艺谋最擅长的本领。为弥补巩俐的妇女扮
相，一群妙龄姑娘在《红色娘子军》的桥段中忠实地穿起
超短裤，而陈道明精湛的演技更是不容忽视——他与巩俐
拥抱时，推近的摄影机专业地拍下了他面部肌肉专业的抖
动。尽管如此，我依然没有被打动。我没有得到比它之前
的"文革电影"——比如《蓝风筝》，比如《青红》，甚至《活
着》——更多的东西。是，你们不幸，你们倒霉，你们都
是受害者，你们努力活下来了，然后呢？在浑浑噩噩的抒
情之外，要求任何启发性的反思是否要求过高，我不知道。
我只知道我无动于衷得十分坦然。然后饭勺出现了。

　　巩俐深夜惊醒那一场戏是《归来》中唯一令我兴奋了
一下的地方。对于暴力事件（强奸）的暗示让之前发生的
一切顺理成章，而对后续发展的期待则忽然让软绵绵的叙
述绷紧，充满了戏剧张力。起了疑心的陈道明问女儿，那
个方师傅"对你妈干了什么"，女儿说她不记得，"只记
得有次用饭勺打了妈妈的头"。这个回答也为后事留有余

地，细节处理得近情理而大气。正当我打起精神，打算对此片改观，随后，镜头一转，我看见上门寻仇的陈道明手里握着一个饭勺——观众席传来一阵哄笑。

我心想，算了吧。

顾城写过："我把刀给你们，你们这些杀害我的人。"张艺谋几乎握住了那把刀，他完全可以就此割开温情脉脉的外衣，割开肮脏打褶的皮肤，切入内脏，让血流出来，尝试探究一下故事的真貌——然而他换上了一把饭勺。导演开始装傻，而在这个卖什么拙劣的萌都有人买的时代，观众心领神会地接受了。故事又回到腻味的和稀泥步调。而这个姿态媚俗、低级几到令人恶心的程度。到此时，我完全失去兴趣，彻底放弃了这部电影。于是我严肃地回头喝斥几位交头接耳的老者："别聊了！"几位悚然噤声。在他们看来，我一定很像当年的红小将。

在导演的悲天悯人中，陈道明放下了他的饭勺，电影结束了。与看这部电影之前相比，我什么都没有多，也什么都没有少。我走出影院，想起多年前，81岁高龄、身患帕金森病已不能写作的波琳·凯尔曾说："我仍旧喜欢去看电影。我是幸运的，我生活在一个流行艺术的世纪。"——然后我感到了嫉妒。

西西弗是幸福的

1

20 世纪 50 年代，爱尔兰作家伏尼契的小说《牛虻》首次在中国出版，累积销量高达 200 万册。这本小说对当时的年轻一代产生了深远的影响。

《牛虻》讲述的是 19 世纪 30 年代意大利革命者亚瑟的人生故事。它的出版乃至流行，与在我国家喻户晓的革命经典《钢铁是怎样炼成的》密切相关。《钢铁》一书的作者奥斯特洛夫斯基曾在小说中三次致敬《牛虻》，其中最重要的一次，是让男主角保尔·柯察金从初恋冬妮娅的手中接过这本书，从而走上了革命道路。

可以说，牛虻（亚瑟）和保尔·柯察金，

共同构建了我国青年最初的革命偶像谱系，之后，则是小兵张嘎、王成、董存瑞等本土英雄。但在这最初的两本著作中，《牛虻》激烈的情感冲突和跌宕起伏的爱情故事更能引起年轻人的向往，由是，在革命之外，它成为了不止一代人的情感启蒙。

革命与爱情，向来具有同质性，无论是其唤起的狂热的献身精神、理想与浪漫主义，还是对纯粹的追求，乃至和整个世界对着干的悲壮。当革命与爱情交织在一起，伟大的目标便使一切苦痛可以忍受，并进一步超越平凡，"勾魂摄魄"。

倏忽2009年，谍战剧《潜伏》横空出世。这部剧不仅成为了当年的收视冠军，直至今日，仍被许多观众奉为我国谍战第一剧。而它的主题，正是革命与爱情。

电视剧《潜伏》讲述的故事发生在1945到1949年间。抗日战争末期，原军统特务余则成对国民党的腐败深恶痛绝，又被初恋女友左蓝感召，转向了共产党，成为共产党安插在军统天津站的潜伏人员。为配合他隐藏身份，游击队员陈桃花化名翠平来到天津，与他假扮夫妻，作为掩护。余则成与翠平这对假夫妻性格和出身迥异，最初相互看不上，而后在几年的艰苦斗争和共同生活中产生了真挚深刻的感情。在这个过程中，余则成也成长为一名坚定、成熟的革命者。最终，余则成随国民党残部逃至台湾，继续潜伏任务，翠平则在后方独自养育他们的女儿，长久而无望地等候着他的归来。

《潜伏》的原著小说（作者龙一）仅有不到两万字，为将其扩充成 30 集的电视剧，导演兼编剧姜伟撰写了逾 40 万字的剧本，极大地丰富了原著小说的内容。其中决定性的改编，便是对余则成感情线的重构。

在原著小说中，余则成与翠平始终未曾建立成形的情感联结，甚至在结尾处谈及翠平的牺牲时，余则成的态度仍是就事论事的，略带一点革命战友的惋惜。姜伟敏锐地在原始文本中捕捉到了这对人物之间充满戏剧张力的关系特征，将之放大，改写，构成引领剧情发展的支架之一，这是极有创见的。

改编后的《潜伏》，结构遵循当代类型剧的通行模式：一条主线（余则成的潜伏任务）将大悬念贯穿始终，而每一集均为主要人物设计一个具体危机，以危机的出现和解决作为分集内容。也与类型剧相同，《潜伏》浓墨重彩地叙述了男主角余则成的三段感情，其中以余则成与翠平的一段最为突出。

革命者的爱情，在我国影视作品中并不算罕见，譬如电影《永不消逝的电波》的故事内核便与《潜伏》高度相似。但情感戏并非以支线"戏不够，爱情凑"的套路形式，而是作为重要叙事驱动出现，这确实不常见。在谈及剧本改编时姜伟曾表示，"这么特别的男女关系，让这部剧在这么多的谍战剧中跳了出来"。

《潜伏》中，如果说波谲云诡的谍战斗争是潮汐，那么男女主角的感情进程则是深水下的暗涌，在推进剧情的同时，也为人物塑造提供了更多的层级和质感。可以说这部剧真正印证了那句话："革命就是爱情，爱情也是革命。"（语出影片《宋家皇朝》）

2

与亚瑟、保尔或革命偶像谱系中任何一个英雄都不一样，更不同于新世纪谍战剧中"多智近妖"的各种大男主，《潜伏》的男主角余则成身上一点不见豪迈的革命浪漫主义。

刚出场时，余则成是个谨小慎微甚至有点唯唯诺诺的小知识分子。他的家国之思是很模糊的，"只要抗日，跟哪边都一样"。抗日战争结束了，他憧憬着与未婚妻左蓝过上幸福的小日子。"我信仰生活，信仰你，就这样。"

刚得知左蓝的共产党员身份时，余则成的反应是担忧和逃避；在见识了国民党的腐败和凶残后，他转变了。这时的转变与其说是根本思想的转变，不如说是死里逃生后对生存和爱情的渴望。他期待着能与爱人"走在同一条路上"，这仍是懵懂的，朴素的。

翠平便出现在这个时节。这个大大咧咧、土里土气的女游击队长，是余则成过往从未见识过的女性类型。在大城市天津进行间谍工作完全超出了翠平的能力和经验，她尴尬茫然，时不时捅个篓子，给余则成带来烦恼无数。

　　与这样的一个翠平陡然做了夫妻，对余则成冲击极大。可是，从另一个角度来看，余则成每天的生活勾心斗角，尔虞我诈，翠平这个极鲁莽、极直爽的女人，是他可以表达真实人性的唯一出口。这是他们针锋相对却也能够相处下去的原因。经过一阵磨合，翠平明显对余则成产生了依恋，而余则成也对翠平心生怜惜。翠平被土匪掳去又被救回后，余则成情不自禁地拥抱了她。

　　在余则成和翠平的感情发展过程中，左蓝之死是一个重要事件。

　　表面看，左蓝是为保护翠平、保护余则成而死，实际上，她是为了革命大业而献身。这将余则成对她的情感升华到一个全新的高度。他悼念左蓝的方式是形而上的，他郁郁寡欢，"病成方寸"，反复诵读左蓝留下的那本《为人民服务》。翠平对左蓝之死的反应则非常本质，她冲口而出，如果知道左蓝就是你喜欢的那个女人，我就告诉她，我们这夫妻是假的，让她心里带着欢喜。这是一个女性对另一个女性的体恤和温柔，超越了身份立场和私人情感，非常纯真，非常动人。

　　左蓝牺牲后，翠平作为介绍人，为余则成举办了秘密的入党仪式。在仪式中，余则成注视着翠平的双眼，庄重地念出了誓言。比起后面二人的婚礼，这个入党仪式更具情感力量，更像是在缔结一场私人的、精神性的强连接。从此，余则成从一个蒙昧的革命者蜕变为一个自觉的革命者。同时他与翠平的关系产生了微妙的变化：生活和斗争层面，余则成是翠平的领导，而在信仰层面则相反。这种双层倒置的权力关系使得二人终于能够平等相处，相互之间的尊重和欣赏便得以滋生，而那正是爱情的土壤。

拍摄《潜伏》期间，姜伟曾问孙红雷，"余则成是爱翠平的吧？"孙红雷诧异地答，"怎么导演，难道我理解错了？"

最高级的人物塑造，就是赋予人物本身以生命，使其超越创作者的掌控。余则成到底爱不爱翠平，取决于每个观众对"爱"的定义。

翠平对余则成的依恋，拳拳如孩童，如剧中她从一出场便握在手里的美国地雷（最后也终于派上了决定性的用场）。她的表达也是孩童式的，"大鸡蛋，我煮你（余则成，我爱你）"，"你同意比组织同意更重要"，"谈恋爱，就是钻玉米地呗"……其中掺杂着对知识和能力的仰慕，对间谍工作中余则成随时命悬一线的怜惜，还有她自身的思想局限性（"和你一起住了三年还能嫁给谁"），但大体上，是较为纯粹的男女情，诚挚但危险。

余则成的感情则更复杂，更多层次。对于翠平的试探，他绝非无感，但因能辨识出其中的危险成分，便顾虑重重，以有碍革命工作为由一直推搪。

余则成最终对翠平倾心是在翠平刺杀陆桥山时。"你拿枪的时候特别有魅力"——当翠平表现出了一名真正的战士的素养，余则成的情感被全面唤起，而他的表达却是充满小文人情调的，"你像林黛玉"。正因如此，才显得

真实，这是革命者身份背后最本初的余则成。他的所谓倾
心，实则更多是放心。倾心之中除了男女之情，还有欣慰
和确认：在长时间的塑造后，翠平终于成长为合格的战友。
其中不乏余则成身为造物主的优越感；加之日常陪伴养成
的默契，又掺杂着对信仰的向往（对于余则成而言，翠平
不啻为党组织的化身），他们的感情成熟了。合格的战友，
即是合格的配偶。

　　随后天津解放，当余则成误以为翠平在撤退中死于爆
炸时，他的反应是麻木，而后干呕，四肢抽搐，瘫倒在地——
生理和心理的全线崩溃。孙红雷的优秀表演直接表达出了
翠平在余则成心目中的分量与意义。

　　紧接着，冰冷的画外音提醒，潜伏者的悲伤不许过夜。
第二天，余则成还是要收拾身心，戴上面具，继续潜伏。

　　这便是革命者的爱情。

　　余则成的潜伏，始于左蓝，结于但不终于晚秋。晚秋，
这个全面契合余则成"小资产阶级情调"的痴情女子，本
来在他的斗争和感情生涯中，均是温馨却无力的一笔；但
余则成将晚秋送至后方根据地，培养为一名革命者，复制
了他潜伏的命运。这是成全，也是对理想的献祭。

　　在1949年后的台湾，晚秋成为了余则成最后的归宿
和战友，而翠平还在村头抱着女儿守候。"可怜无定河边骨，
犹是春闺梦里人。"

　　余则成是爱翠平的吧？《潜伏》的最后一个镜头，在
又一张虽假犹真的结婚证书下面，余则成以一行清泪作答。

写作《潜伏》的剧本时，姜伟说，最困难的就是贯穿电视剧的主线。"余则成为什么在恶劣的环境中始终坚持不懈，他和三个女主角究竟为什么走到一起？后来我终于想通了，那就是信仰。"[5]

《潜伏》中除主要人物塑造出彩外，大小配角也各尽人性百态。其中一重要人物李涯，可被视为余则成的复线。

李涯是资深国民党特务，早年卧底延安，后被交换俘虏送回，与余则成一同供职军统天津站。这个人物忠诚、勤勉、坚韧，较之于余则成，甚至更为赤胆忠心，更为纯粹。他的信仰也是朴素真挚的："为党国消除所有的敌人，让孩子们都过上好日子。"

有观众曾言，李涯只是站错了队，追随了错误的信仰。其实不然。一个人的信仰是他对价值观和人生意义的选择和持有，它应该也必须经得起不断的反思。

在李涯的身边，是研究"凝聚意志，保卫领袖"15年，结果将之定义为"人不为己，天诛地灭"的特务头目吴站长；是嗜杀凶残的马奎；阴险狡诈、弄权成性的陆桥山……唯一与他勉强称得上盟友关系的中统特务谢若林，则是一个以金钱为信仰的信息掮客。目之所及，无不腐坏污秽。

李涯大概从未思考过，这样的队伍，这样的党国，怎么可能实现他那天真的理想。天津解放前夕，李涯决心留

---

5. 潘昕.《潜伏》导演解析 突破谍战剧瓶颈的密码 [N]. 天天新报，2009-04-13(02).

下执行他的潜伏计划，最后在与余则成的对决中，被共产党员廖三民抱住，一同跳楼而死。

无论生前死后，李涯都是可悲的，一腔孤勇愚忠终身错付。

而当被俘的共产党联络员丘季说"我绝不出卖战友"后当即咬舌时，那一幕给余则成的不仅是震撼，应该还有疑惑——是什么样的理念，值得这样的战士为之献出生命？随着斗争的深入，随着左蓝与更多战友的前赴后继，这般疑惑或许在余则成的脑海中一次又一次出现，而后由他自己一次又一次用行为做出回答。

1949 年的胜利并没有结束余则成的潜伏，翠平因身份暴露，为保护余则成，不得不与他永隔一方。这个结尾之凄楚，颇令一部分看惯了大好结局的观众不满。姜伟对此的解释是，"如果做成大团圆，是对先辈的不敬。"[6]

"牺牲不一定单指生命，还有很多很多。现在的观众……对英雄主义有足够的敬仰，但对牺牲精神没有充分的认识。"

慨然赴死易，日复一日地在危险中扮演另一个人，是比死亡更难的任务。

革命中的爱情必然伟大，也必须伟大，在现实层面，它是余则成们坚持下去的心理支柱。文艺作品中的浪漫固

---

6. 新浪娱乐.《潜伏》为何走红 PK《暗算》的谍战佳作 [N/OL]. 新浪娱乐,2009-04-03. http://ent.sina.com.cn/v/2009-04-03/14092454798.shtml.

然令人神往，在现实中，《潜伏》可能都过于理想化。信仰可能始于爱情，但必然通过经历与思考成为一个人的内在回应，最终确立为"不能再问为什么"的核心价值——只有这样的信念，才能支持一个人牺牲一切，包括爱情。

牛虻和保尔是英雄偶像，余则成不是。他始终是那个谨小慎微、渴望着爱情和安稳生活的小知识分子，正因如此，他才能长久地潜伏下去——以比勇敢和激情更可贵的深沉。这不是超越，而是最终成就了完整的自我。

"攀登山顶的奋斗本身足以充实一颗人心"，加缪在《西西弗神话》中说。从这个角度而言，牛虻是幸福的，保尔是幸福的，余则成和翠平也是幸福的。因为"应当想象西西弗是幸福的"。

梅长苏的庭院

1

按照网上流传的一则定义，所谓"权谋"，是"同一社会组织成员之间为进行权力斗争所使用的那些反道德、反规则、反理性的诡秘性计谋"。按此定义，中国人从来不缺少权谋，实际上，中国人的生活时刻处于权谋之中。

然而，在《琅琊榜》之前，我国可被称为权谋剧的剧集基本都属于正剧范畴内的帝王剧，如《康熙王朝》《汉武大帝》《大秦帝国》……这些剧集依照演义或真实的历史画瓢，严肃，厚重。它们给观众的印象是，权谋即帝王固权术，"人与人斗其乐无穷"。居庙堂之高，是《资治通鉴》，处江湖之远，则是"厚黑学"与"老不读三国"的家训。

54集电视剧《琅琊榜》于2015年开播。平心而论，虽然以"古装权谋剧"为标签，但《琅琊榜》中的权谋刻画远远谈不上成熟，梅长苏总是层层深算，相形之下，他的对手显得弱了，一些危机也化解得匆忙，让它并没有以往权谋剧的磅礴。可贵的是，它第一次将权谋剧与沉重的历史剥离开，为"权谋"二字赋予了正义的动机。

《琅琊榜》的故事发生在参照南梁时代虚构的架空世界，是个复仇传奇：背负着十二年前七万赤焰军冤死的血仇，男主角梅长苏（林殊）重返帝都，在多方势力中运筹，暗中帮助昔日手足靖王成功夺嫡，最终沉冤得雪。

不妨这样说，《琅琊榜》是权谋剧的青春表达。在正剧调性之外，多种剧型元素被引入创作中，如偶像剧、言情剧、武打剧、轻喜剧……乃至网文改编作品中常见的游戏剧情推动机制。但它将不同风格糅合得圆融平衡，加之精良的制作与表演，使得最后的呈现水准无愧被称为当年的现象级剧集。它轻盈，明朗，尤为适合年轻观众的口味。《琅琊榜》之后，同类型的网文改编权谋剧陆续出现，如《上阳赋》《天盛长歌》等，也可见它的深远影响。

徐浩峰在评论中国武侠片时曾说过："类型片首先要确立一种特立的价值观。"像《权力的游戏》般生发于中世纪文化，又在奇幻时空中大放异彩的权谋史诗，从未在我国的影视表达中出现过，更遑论《纸牌屋》这样的现代政治剧。魔幻主义的《权力的游戏》放眼于欧洲大陆，将权力更替、家族繁衍与众多人物的命运交织在一起，归向生存与毁灭的终极问题；现实主义的《纸牌屋》则直指当下的政坛权斗黑幕，无论时间、空间的纵深，还是飞扬的想象空间，这类权谋剧都呈现出波澜壮阔的图景。

而《琅琊榜》之前，我国权谋剧中的价值观始终如一。无论帝王剧、宫斗剧或是奇幻剧，天庭地府，抑或架空的神仙世界，无一不是人间的翻版，权力架构大同小异，"成王败寇"的判断体系一以贯之，系统性的政治见解无法成形，更谈不上发展。

"这些肮脏的事情就由我来做……这些痛苦和罪孽就让我来背负吧。"梅长苏说。《琅琊榜》并没有颠覆权谋，而是消解了它。在剧中，权谋的终点仅仅是朴素的德怨两清。它是破碎的，修正主义的，然而稚拙而温暖，带有一点理想色彩，打动了我们的心。

2

与 2000 年之后的大部分 IP 剧一样，《琅琊榜》脱胎于网文原著，先天具有爽文基因。主角总是由弱到强，从一无所有开始，刷怪，升级，最后成为毁天灭地的高手。读者或者观众的快感，便来自于这种现实世界中难以觅得的成就与胜利。

梅长苏的出场便是弱的，他畏寒，气短，需要有人时刻在旁照顾。他的前身林殊原本是叱咤沙场的少帅，赤焰军遭暗算全军覆没后，林殊身中剧毒，削皮挫骨后音容全变，易名梅长苏。由武到文，由贵族到平民，特别是由骁勇到孱弱且一味孱弱，越来越孱弱，梅长苏始终命悬一线。

他清雅，易感，"多智而近妖"，那种美感是《世说新语》式的，脱离了同类角色中常见的阳刚气质：好胜、冷酷、强壮。《琅琊榜》中多次以赤焰军的闪回镜头去强调林殊与梅长苏的对比，以此描绘这个自死亡中爬起、身担重负的悲剧形象。在蜕变后，他以一种近似自虐的方式实施他的复仇计划，仿佛生还本身便是一种罪责。但在实施计划的过程中，他又多次为伤及无辜感到内疚以致病倒。这种多层次的心理描绘使得人物具有了立体感，梅长苏的魅力是精神性的，唤起的观感则是怜惜与担忧。

梅长苏的死敌梁帝，一代枭雄，凉薄多疑，刚愎自用。为巩固皇位，在奸臣夏江、谢玉等人的怂恿下，一手制造了害死七万赤焰军的梅岭血案，残害忠良，一并逼死长子和亲妹，点燃了故事的引线。梁帝的原型为梁武帝萧衍，也可以说是中国历史上诸多帝王的缩影，在政治斗争中被权欲异化的典型形象。

梅长苏入京，搅乱的是政局，更是人心。《琅琊榜》的故事正式开始时，梁帝已到晚年，虽然仍沉迷于制衡之术，终日弄权，毕竟渐渐软弱昏聩。靖王萧景琰刚毅方正，长期被冷落，游离于皇权斗争之外。作为林殊（梅长苏）的表哥和儿时挚友，在《琅琊榜》中，靖王这个最具男性特质的角色是功能性的，通过他，梅长苏实现了"沉冤得雪"与"还天下一个明君"的双重理想。

《琅琊榜》中的女性形象众多，也各具特色，无论刚正不阿的夏冬，有勇有谋的霓凰郡主，还是蛇蝎美女秦般若，各有各的目的和行为逻辑，其中静妃是最耐人寻味的一个。这个人物睿智，沉稳，她的恬淡柔和让权斗漩涡中的梁帝感到轻松惬意，以此逐步赢得了梁帝的信任，为梅长苏的复仇大业提供了关键性的辅助。

如 RPG 游戏的进程一般，梅长苏在种种外挂的帮助下，成功打败诸方力量，将靖王辅佐至太子之位。

梁帝最终被扳倒的那一场戏颇具莎士比亚气质。像一头被围猎的老兽，他在庙堂之上，众目睽睽之下接受审判，直面自己众叛亲离的结局。这一幕很过瘾，也很惊悚，那一刻的梁帝可恨又可怜。在人生尽头，最信任的靖王与静妃的背叛，是对他最沉重的打击。

这一幕，对应着梅长苏在扳倒谢王时对其子萧景睿的愧疚。梅长苏终究不是梁帝，无法心安理得地将他人当作权力场上的棋子恣意摆弄。萧景睿在离开帝都时告诉梅长苏，人总有取舍，会选择自己认为重要的东西，他不能强求梅长苏将这段友情看得同自己一样重，但他理解他。梅长苏回答，望他"永葆赤子之心"。

在剧集结尾，赤焰军沉冤得雪后，靖王景琰想要恢复林殊的身份，遭到了梅长苏的拒绝，他说，自己在世人面前是一个诡计多端的谋士，而景琰要做一个有情有义、公允无私的君主，"你的身边不能有我这样的人"。

这便是《琅琊榜》的精髓。尽管精于权谋，且通过权谋最终实现了正义，但梅长苏持续被不得不使用这一套手段的无奈折磨着，对权谋的深切排斥直接导向了自我厌恶，他不允许这样的自己享受友情和爱情，甚至无法忍受自己活着。梅长苏的纠结矛盾，也是《琅琊榜》中价值观的纠结矛盾。

虽然大团圆结局仍然是绝大多数观众的期许，但《琅琊榜》没有提供这种满足，它让男主角在最后一集回到了原点，战死于沙场，以轮回的方式达成了自己最后的蜕变，也达成了整剧的悲壮。这一点点反"爽文"模式的挑战，在我看来，是剧作方对叙事完整性难得的坚持，也是对"权谋"的最终否定，梅长苏必须消亡，而林殊得以复生——《琅琊榜》的独特之处在于它构建了一个天真而自洽的情义世界。在这个世界中，欲望与人性交织缠斗，利益关系瞬息万变，权谋是手段而非目的，而核心驱动力是情与义。

尤其难得的是"义"。《琅琊榜》中的义不仅是家仇，还有国恨，赤焰军的冤情不是手刃仇人那么简单，河清海晏的社会理想经由自上而下的变革才能完成。运用权谋的动机在"义"，纠结在情，必须实施的隐忍、利用和牺牲挑战着良知。《琅琊榜》对于信仰的坚持，"饮冰十年，难凉热血"，几近浪漫。

真实的历史告诉我们，大梁国并没有靖王，更没有梅长苏。萧氏诸王为争皇位杀得白骨如山，政权分崩离析，最后以亡国告终。

3

看《琅琊榜》时，我最感兴趣的是金陵梅长苏的府邸。在白天，那是一个温柔的避世之所，开阔的空间，柔和的木地板和随风飘动的纱帘让人心生安适，诡秘的地道和阴谋都属于夜晚，而阳光下，从人生深渊爬出来的幸存者可以短暂地忘掉一切污浊，与亲友们调笑，凝视爱人的脸，呼吸洁净透明的空气。

后来看到网友分享的自制梅府户型图，感到我辈不孤。《琅琊榜》首播已是七年前的事，如今回想，眼前浮现的还是那座宅子，在春花开放的庭院中，好像没有任何糟糕的事情将会发生。这是偷来的、暂时的宁静欢愉，梅长苏知道，他身边的人们不知道。那时候，对于当下的酸楚，我们也不知道。

在东亚文化中，乡野与庙堂、遁世与入世始终是矛盾统一的二元命题。学会了独孤九剑的令狐大侠终身怀念童年的华山，但骑上龙背的龙妈可想不到退隐，她奔赴于自由城邦之间，忙着破坏那里的经济秩序。这大概是我们没有《权力的游戏》的根本原因——宏大叙事与黑暗神话达不到价值观的顶点，我们中国人的最高境界，是天人合一，悠然忘我。即，回归至澄明的孩童境界，抹杀自身与外部的界限，从而摒弃所有的命运扰动。

　　在东方语境中，所有入世者都是不得已的，痛苦的，哪怕怀有正义的目的。

　　自前世涅槃的梅长苏隐忍江湖十几年，而后一击而中。在西方文本中，对应着的复仇者一是牛虻，二是基督山伯爵。他们都是从"人生的深渊中爬出来的幸存者"，同样背负着血仇与重担，同样在长久的修炼升级之后，用自我分裂的形式重返尘世，对仇人施以命运级别的报复。对于他们而言，更深刻的问题是：大仇得报，然后呢？

　　牛虻以伟大的革命事业作为背书去承载他的自毁倾向与弑父情结，他死得善良而随意：因为不想杀掉一名监狱守卫而放弃了越狱计划，最终被枪毙。实际上，他的死也是复仇计划的一部分，用这种极端尖锐的方式，他彻底惩罚了当初背弃了自己的父亲和爱人。对于牛虻来说，没有然后。这是尼采式的浪漫："假使有神，我怎能忍受我不是那神？"基督山伯爵则在自诩上帝化身之后陷入了与梅长苏相似的自我怀疑和厌弃，而后忏悔，宽恕，从神之位上退避下来，带领所爱"消失在茫茫海天之间"，获得了心灵平静。

　　至于梅长苏，他没有一个坚信的天庭可以归去，没有高于人间的、全知全能的信仰体系能够倚靠，借以移交审判的重任，从而解放他自己。梅长苏唯一的归宿只能是死亡，以战死的方式，回到父兄战友的集体中，回到昔日少帅林殊的身份中，以报偿曾经僭越的罪孽，抹去为世人带来的痛苦损伤。如果忠实于叙事逻辑和我们长久以来的认知，《琅琊榜》便只能是这样的结局。

好在这只是电视剧和小说。虽然我们无从得知命运的打击何时何地会以何等方式降临，但并非梅长苏、牛虹或基督山伯爵，我们已经是幸运的。

《琅琊榜》中，我最喜欢的人物除了异想天开要炸死皇帝的国舅爷，要算谢玉之子萧景睿。这个配角出场时只是个心思浅显的贵公子，仰慕梅长苏的才学，对其一片赤诚。得知自己的复杂身世，又经历了父亲的幻灭、与梅长苏的友情幻灭，最后家破人亡，对这个无辜的人来说，最重要和信任的东西坍塌了，"一切都变了，我难道能不变吗？"但他并没有变得颓废愤世，而是更为豁达，沉稳。远赴南楚之前，萧景睿告诉梅长苏："你只不过是双揭开真相的手而已，真正让我痛心无比的是真相本身。"这是非常了不起的胸怀。

在之后的剧情中，萧景睿最终成长为与梅长苏并肩战斗的兄弟。

这个人物在剧中经历的打击是我们在真实的人生中最有可能面临的：至亲好友的欺骗背叛、信念坍塌、家世巨变……《琅琊榜》中的萧景睿懂得感恩和理解，懂得将人生中哪怕短暂的美好经验珍惜起来，用作自我成长的养料：他没有辜负"永葆赤子之心"的热望，那是梅长苏，也是《琅琊榜》中的很多人物没有机会经历的人生，所幸我们还有。

命运如门，"对我轻轻开着"。《琅琊榜》最后留给我的便是从门外窥到的苏宅庭院。那里春花绽放，快乐的年轻人团聚着，欢愉纵然短暂，"一笔千秋，后人心间"。

中国人的史与诗

1

　　所谓"正剧"及"市民剧"的概念大概要追溯到两百多年前。18世纪，狄德罗写了《私生子》，提出"市民剧"，主张"打破悲喜剧的界限，建立一种运用日常语言、表现市民家庭生活的严肃喜剧"。那时候，距离电视机的发明，还有漫长的一百多年。

　　1958年6月1日，中国第一部电视剧《一口菜饼子》在北京电视台开播，这是一部家庭伦理剧，全长只有20分钟。

　　2001年，国剧《大宅门》以最高17.74%、平均15.01%的收视率创下了新世纪以来的新高。那个时候，国产电视剧已有了四十余年的发展，历经了1980年代的经典迭出（《敌营十八年》《上海滩》《红楼梦》《西游记》）和 1990 年代的黄金时代（《渴望》《我爱我家》）。无论题材、内容还是其现实主义的形式，《大宅门》都是承上启下的一部杰作。

有趣的是，《大宅门》的编剧兼导演郭宝昌，写这个故事也写了 40 年。郭宝昌幼时被卖到同仁堂，在那里生活了 26 年。他从 1959 年开始写作《大宅门》，手稿先后被毁三次——感觉全世界都在跟这故事过不去。2000 年，历经磨难的《大宅门》开机拍摄。这部剧以老字号"同仁堂"的家族故事为蓝本，时间自光绪六年（1880 年）跨至 1937 年卢沟桥事变，大多数情节来自郭宝昌养父的口述，是"一部有着 30% 虚构的文艺作品"。

归根到底，电影是造梦的，而电视剧以浓缩的方式将生活展现给我们，从而构成我们生活的一部分。"市民剧"的动人之处便在于它的世俗与普遍，那些大历史中的传奇、传奇中的悲欢离我们是那么近，近到只需要体会，而不需要想象。《大宅门》便是如此。

2

《大宅门》的成功，很大一部分仰仗人物塑造，其中的女性形象尤为鲜活生动。这剧开播的时候还没有"大女主剧"的说法，可按现在的标准，《大宅门》的前半部分毫无疑问是大女主剧。

　　故事始于光绪六年，当时，斯琴高娃饰演的白文氏只是个大家族中的二少奶奶。当家老太爷白荫堂刚正不阿，道德感极强，将家族名誉看得至高无上。老太爷的一辈子，是"文官执笔安天下，武将上马定乾坤""男主外女主内"的一辈子。可就在光绪七年，慈安皇太后驾崩，慈禧一宫独裁，是女人治天下的时代。世道变了。这是大背景。

　　白家家传老字号"百草堂"行医又卖药，在京城根基深厚，作为太医出入宫闱和官宦人家多年，然而仍属于商人阶级，官职不过四品顶戴，是"宅门"而非"府门"。老太爷宁折不弯的性格，直接导致白家在与詹王府的争斗中落败，又卷入后宫之争，成了无谓的牺牲品，祖传的百草堂被查封，第一继承人大爷白颖园被判斩监候，大奶奶上吊而亡。

　　老太爷白荫堂好似《权力的游戏》中的奈德·史塔克，一个悲剧英雄，他的叙事任务便是告诉观众，那套非黑即白的古典主义道德观行不通了。慈禧一句话，白家分分钟覆灭。所以我说《大宅门》是部市民剧。小市民敌不过翻云覆雨手，只能在时代浪涛中翻滚。

　　斯琴高娃饰演的二奶奶便是在这个危难时刻当上了当家媳妇。在白家的小社会里也是女人治天下，这是呼应。

　　二奶奶精明强干，目光远大，能忍，敢赌，手腕圆滑，目的性强，也并不避讳利用自己的女性特质。与詹王府斡旋，她先笼络詹王爷的母亲老福晋；拿回宫廷供奉，她不惜工本地奉承常太监；甚至在"摘匾"那场戏中，她背地里部署好战略，具体实施时，则挺着怀孕的大肚子冲锋，迅速占据舆论优势，缩在屋里不敢探头的男人们只好抱怨："我见了老娘儿们说不出话！"

这些都是很女性的思路和策略。

但与之后风行的大女主剧不同，《大宅门》中的二奶奶不沾一点儿"玛丽苏"气。白家上下的男丁对二奶奶全部有敬有畏，连一直跟她捣乱的混账白三爷也得翘起大拇指说一声"二奶奶是女人中的这个"。敬畏的是其谋略胸怀，与情爱无涉。虽然二爷白颖轩内秀软弱，不堪大用，然而当着人，二爷坦承"我就是没本事"，实际上就给自己媳妇背了书；而回房关上门，他仍是她的丈夫，给她依靠和安慰。二爷白颖轩与二奶奶是互补的，算得上一对恩爱夫妻。

二奶奶坐稳了当家媳妇的位置，起决定性作用的事件，是她擅自挪用祖先堂的银子贿赂常公公被三爷告到白老太爷面前，通族上下几百双眼睛盯着，白老太爷轻轻一句"二奶奶必有其理由"带过。对于白文氏的才干，他是彻底信任的，所以在认清形势之后，他毫不犹豫扶白文氏上位。那一幕，好似禅让，英雄惜英雄，肝胆相照，是很动人的。二爷是二奶奶的爱侣，老太爷则是白文氏的知己。

二奶奶苦心孤诣经营十余年，最终又靠慈禧一句话，复兴了白家。其中的讽刺意味自不必说。

白文氏是剧中最丰满的女性形象，包括其与杨九红恶斗一世的狭隘和溺爱孙辈的昏聩，都真实可信。最可贵的是，《大宅门》并没有简单地将她塑造成一个花木兰，一个必须靠男性特质武装出去打世界的女人。白文氏是非常女性的。如果说白荫堂是个名誉至上的老派英雄，白文氏则像个政治家，时也，运也，命也，恰好有了用武之地。

除了二奶奶，《大宅门》中给人留下深刻印象的女性形象还有很多。一生坎坷的姑奶奶，未婚生子的大格格，痴爱万筱菊的大小姐，不肯认母的白佳莉……而《大宅门》里与二奶奶最相像的女性，其实是跟她斗了一辈子的杨九红。杨九红是个低版本的白文氏，可以当做白文氏的复线来看。她是《大宅门》中最具悲剧性的女性人物，徒有才干，但并无用武之地，她的一生是与二奶奶抢夺白景琦的一生——将命运寄托在一个男人身上，最终只得被命运吞噬。

二奶奶去世时，凄苦的姑奶奶雅萍和贤惠的儿媳黄春直接在送葬路上去世，这二位恰好是剧中最为传统的女性形象。她们的死如同殉葬，但并不及杨九红的"不死"更为震撼。杨九红最终堕为一名沉溺鸦片的妒妇。而杨九红之后最出彩的女性形象香秀，也不过是丫头上位太太，成为白景琦的陪衬物。

从女性主义的角度看，《大宅门》绝非一部"爽剧"，它的精神主旨可以说是反女权的。白文氏以一种丰沛的母性守护着的"大宅门"实质上吞噬了更多的女性。白文氏之前无白文氏，白文氏之后更无白文氏。白文氏只是风云际会恰好有了舞台的勇敢女人，直到剧终，她仍是一位没有自己姓名的"白文氏"。这是女性自身格局所限，也是时势使然。所以，将《大宅门》中的大女主简单归纳为"对男权体系的颠覆"，我是不能够同意的。《大宅门》中的"女权"，非常复杂，也非常接近现实，因此，也更为可叹可惜。

3

开局第一集，日后叱咤风云的"活土匪"白景琦出生，这是个不会哭的怪婴，白家老号的第十代传人。一个《百年孤独》式的开头，极写意的隐喻。

白景琦初成年，便因私娶了仇家之女黄春被母亲驱出家门，自主创业。那时候是清末，接下来便是辛亥革命、北伐、抗日……一系列的巨变就在眼前。皇权倒台，靠老佛爷一句话复兴家业的事情再也不可能有了。社会秩序重新洗牌，所谓乱世。

作为《大宅门》的核心人物，如果说他母亲白文氏是个改良者，白景琦便是个极富叛逆精神的革命者。

二奶奶白文氏当家的时代，是要体面，要"老礼儿"，要仁义的时代。但在乱世，太讲理，底线太高，是行不通的。只有与时俱进的白景琦能成为第三代中的领军人物，因为他比他的母亲二奶奶更彻底，更为目标和利益驱使。

白景琦自小顽劣，无人能管，最终由季宗布收服，教导成人——张丰毅所饰的季宗布相当于《权力的游戏》中的贾昆，一名奇侠。白景琦身上的英雄气概来自于这名授业恩师。这是他的立人之本。

爷爷白荫堂的刚正不阿隔代遗传到了白景琦这里，成了混不吝的土匪气，他手段狠辣，恣意妄为，不留余地。一泡屎当了两千银子收购二十八坊，开了"黑七泷胶庄"，这是二奶奶想都想不到的流氓招数。当年英明神武的二奶奶碰到无赖韩荣发，束手无策，而白景琦回家当晚就将他浸了尿桶。白景琦敢杀人，敢蹲大狱，能扒了贪污的管家的裤子，也能向武贝勒下跪叫岳父。

白景琦一辈子混不吝，但对他妈，是一辈子又敬又怕又要反抗。父亲的"一生襟抱未曾开"成了他的俄狄浦斯情结，集中体现在他的情爱关系中，他的历次男女关系都是对母亲的挑战，一旦占了上风，则立刻失去兴趣。这种循环，最终使得杨九红成了最悲惨的牺牲品。实际上，白景琦一辈子最宠爱的女人不是他任何一房妻妾，而是他妹子白玉婷（原型是郭宝昌的十二姑，万筱菊的原型则是梅兰芳）。白玉婷痴恋万筱菊一生，求亲未果，最后嫁给一张照片，从始至终，白景琦是最懂她最支持她的人。白景琦对女人的精神性的审美，全部集中在白玉婷身上。

白景琦接棒当家，百草堂红火一时，然而前有军阀后有日本侵略者，白景琦之子白敬业又是个纯败家子儿，内外交困，白家大宅门岌岌可危。二奶奶拿出多年积蓄暂解危机，而后溘然长逝，完结大女主的一生。这情节，确实与《红楼梦》暗合。怪不得有人评论说《大宅门》的后半裁是"民国版《红楼梦》",如果是,也是八十回之后的《红楼梦》,礼乐崩坏中的挣扎。

讲到人物塑造,白景琦是《大宅门》中最富层次感的男性形象,也是现实主义国剧中比较少见的枭雄人物。这个人物不完美,但真实、深刻,同时饱含生活气息(原型是郭宝昌的养父乐镜宇先生)。《大宅门》的最后一集,与故事开头呼应,白家再次面临灭顶,此次碾碎白家的,不是一个一手遮天的女人,而是大时代的巨轮。白景琦的最后一幕是给自己立遗嘱——"看前面,黑洞洞,定是那贼巢穴,待俺赶上前去,杀他个干干净净!"

岳飞解围牛头山,而高宠战死。贯穿《大宅门》始终的京剧《挑滑车》是一出悲剧。草蛇灰线,伏脉千里,小家影射大国,自幼爱扮高宠的白景琦有多桀骜不驯,结局就有多苍凉。

4

拍摄《大宅门》时,多位名演员及导演曾前往捧场客串,其中包括雷恪生、张艺谋、陈凯歌、田壮壮、何群、姜文……姜文那场戏是他自己导的,直接给导成了一出小品。

《大宅门》的最后一集由李雪健客串,其大概剧情为,汉奸逼迫白景琦出任日伪药行商会会长,危难关头,白三爷白颖宇挺身而出,假装同意出任伪会长。在会长任命典礼上，李雪健饰演的于八爷当众对白三爷冷嘲热讽。白三爷则一边大烟膏子就酒，一边怒斥日本鬼子和汉奸，最终毒发殉国。而后白景琦召集全族人开会，立下遗嘱，族中如有与日本鬼子通同一气者，人人可诛之。

至此，《大宅门》第一部全剧终。

整部《大宅门》话剧感最强的便是最后一集，基本由大段大段的独白构成，李雪健、陈宝国和刘佩琦三位好演员大飙演技，十分过瘾。其中最突兀的情节安排，便是让混账一生的白三爷以死升华，其实，这正是典型"正剧"的结尾："具有道德的目的，但是不能因此进行道德说教，而是以情动人。"（狄德罗）

这"情"是典型的中国人的情。《大宅门》中屡次出现一大家子人聚在大桌前吃饭的场面，那就是文眼。像《教父》中的桌下握枪，或者《权力的游戏》中被儿子射死在厕所里的泰温，是绝不可能出现在中国的市民剧中的。我们中国人"一家人最紧要就係齐齐整整"，围桌吃饭。此中情怀，深思令人无奈，也令人泪下。

现在看来，《大宅门》并不完美。郭宝昌自己评价这部剧"拍得粗糙"，剧情之中断点也不少（如白家大爷白颖园那条线），后半部的情节拖沓尤其被人诟病。张爱玲说她读《红楼梦》后四十回，"天日无光，百般无味"，不是因为贾家败了，而是作者笔力不足。我看《大宅门》最后的十几集，也是这感觉，相比前15集的紧凑跌宕，后十几集确实显得松散，太多的家长里短，太多的儿女情长。

然而原因却相反，不是编剧导演功力不足，而是时候到了，白家不可挽回地即将没落。但这正是我喜欢它的原因之一，它特别"中国"，有一种掩耳盗铃的天真。全剧在白景琦的遗嘱演讲中戛然而止，这是绝对的留白，此后的事情就是苦涩的《四世同堂》了，任何略知中国近代史的观众都可推演得出。

我看《大宅门》很晚，远在 2006 年风靡全国的《乡村爱情》和《奋斗》之后。最近，我又看了一遍，一点儿也没觉得它过时。好的文艺作品是具有时代感，又不会被时代困住的。

而今的电视剧 / 网剧与 20 年前相比，又是一番新气象了。《大宅门》这样的剧很多年不再有。我经常怀念，偶尔怨恨。曾几何时，我们的电视剧是这样具有野心，而又没有野心。《大宅门》的手笔极大，然而落墨却极实在，一卷千秋家国梦，枝枝蔓蔓全出自寻常百姓家。比起后来的历史剧、严肃剧、谍战剧……我更喜欢《大宅门》，因为它是家是族，却有史无诗——那是我理解的中国人的不那么遥远的过去。它令我觉得亲。

胭+砚
project

图书在版编目（ＣＩＰ）数据

回放 / 叶三著 . -- 桂林 : 漓江出版社 , 2022.9
ISBN 978-7-5407-9252-7

Ⅰ . ①回… Ⅱ . ①叶… Ⅲ . ①中国文学 – 当代文学
– 作品综合集 Ⅳ . ① I217.2

中国版本图书馆 CIP 数据核字 (2022) 第 084168 号

回放
HUIFANG
叶三 著

出版人：   品牌监制：
刘迪才   彭毅文
责任编辑：   责任监印：
陈嘉梦   陈娅妮
书籍设计：   封面插画：
林家驹   阿骀

漓江出版社有限公司出版
社址 / 广西桂林市南环路 22 号
邮政编码 / 541002
网址 / www.lijangbooks.com
微信公众号 / lijiangpress

北京联合天畅文化传播有限公司发行
发行电话 / 010-64258472

印制 / 北京盛通印刷股份有限公司
开本 / 850mm × 1230mm 1 / 32
印张 / 7.25 字数 / 140 千字
版次 / 2022 年 9 月第 1 版
印次 / 2022 年 9 月第 1 次印刷

定价：48.00 元